孟赤歌 著

广西人民出版社

图书在版编目（CIP）数据

青黄之旅 / 孟赤歌著. -- 南宁：广西人民出版社，2024.9.
ISBN 978-7-219-11779-8

Ⅰ. I247.5

中国国家版本馆 CIP 数据核字第 20240FY097 号

QINGHUANG ZHI LÜ

青黄之旅

孟赤歌　著

责任编辑　覃萃萍
责任校对　黄　熠
封面设计　牛广华

出版发行	广西人民出版社
社　　址	广西南宁市桂春路6号
邮　　编	530021
印　　刷	广西民族印刷包装集团有限公司
开　　本	880mm×1230mm　1/32
印　　张	5.75
字　　数	144千字
版　　次	2024年9月　第1版
印　　次	2024年9月　第1次印刷
书　　号	ISBN 978-7-219-11779-8
定　　价	38.00元

版权所有　翻印必究

目 录
CONTENTS

第一章 一次旅行的碰撞 …………………1
  被逐 ………………………………………1
  跟团 ………………………………………5
  游河 ………………………………………11
  爬山 ………………………………………18
  组合 ………………………………………24
  承诺 ………………………………………31

第二章 从陌生走向熟悉 …………………38
  跟随 ………………………………………38
  回归 ………………………………………43
  磨合 ………………………………………50
  寻狗 ………………………………………56
  风波 ………………………………………63
  重聚 ………………………………………71

第三章　爱意在悄悄荡漾 ················ 80
　　　追债 ································ 80
　　　苏醒 ································ 87
　　　作陪 ································ 92
　　　再聚 ································ 97
　　　登寺 ······························· 105
　　　倾诉 ······························· 114

第四章　有起有落是寻常 ··············· 122
　　　转机 ······························· 122
　　　花开 ······························· 128
　　　转向 ······························· 133
　　　突发 ······························· 139
　　　平息 ······························· 144

第五章　期待那向阳花开 ··············· 153
　　　脱困 ······························· 153
　　　认亲 ······························· 160
　　　起火 ······························· 168
　　　向新 ······························· 172

当年轻人与"老年团"碰撞在一起,会擦出什么样的火花?似是命运的指引,他们的生活轨迹即将改变……

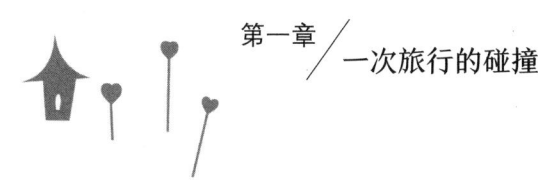

第一章 / 一次旅行的碰撞

被逐

8月的天,晴空如蓝镜。在那个叫幸福家园的老旧小区一楼某房间,两个彪形大汉守在房门口,一人手持棍棒,一人手持计时器。计时器上面显示只剩20分钟的时间。房间内倒计时的声音异常清晰,空气中平添了一丝紧张的气氛。

3个男人没有选择。他们必须在20分钟内打包完,然后走人。因为连续3个月付不起每月1500元的房租,他们被"驱逐"了。房东扣下他们的押金,并表示要将他们后来添置的家具、家电抵作余下的房租。所以,他们只能拿走自己的随身物品。

"光天化日之下,天还这样黑暗吗?"一个20多岁的青年大声说着。他一边用手扶了扶眼镜框,一边举起他的手机。

"不准录像。"那两个彪形大汉大声呵斥,他们相当警觉。

手持计时器的大汉说:"还有18分钟。"

"儒生,别录了,快收拾吧。"同屋一个30多岁的青年劝他。

"我这是为了咱们的人身安全。李义,你别管,收你的。"那个叫儒生的青年回应。"谅你们也不敢。"儒生望向那两个大汉,重重说了一声"哼"后,才收起了手机。紧接着,他一手打开提包,一手将他最在乎的宝贝——一整套拍摄设备,轻轻地装进去。然后又接着收拾自己的物品。

另一个青年,30多岁,好几个月没去理发店,头发早已盖过了耳朵,胡子也长了,整个人看起来十分颓丧。他默不作声,心事很重的样子,东西收拾得极慢。从柜筒里翻出一个相框时,他怔住了。那是一张合照,照片里的男生和女生在海边笑得非常灿烂。他望得出了神,似乎在追溯往事。将相框投掷到垃圾桶时,他抿了一下嘴。彻底告别了,过去的一切。他假装不在意,用手捋了捋额头掉下来的发丝。

"吴欢,别想啦,一切都会好起来的。"那个叫李义的青年转头安慰他,"你要相信,老天不会让我们什么都有,也不会让我们什么都没有。一定会峰回路转、柳暗花明的。"话音刚落,李义就在柜子最深处发现了一个罐子。"天啊,你们看这是什么?"他几乎要尖叫起来。两人朝李义望去,看到那个罐子后,脸上的阴云也顿时拂去大半。看吧,天无绝人之路。他们几年前还有一笔"存款"。只是后来都用不到现金,早将这个事遗忘了。

这一阵异响,引得门口的大汉探头张望。儒生见状,赶紧说:"哎呀,好大一只老鼠!"儒生还假装触碰到老鼠,吓得跳了起来。他给李义递去一个黑色的袋子。那大汉一脸不悦,耐

第一章
一次旅行的碰撞

性不多,又报了一次时:"还有10分钟。"

3个人走出小区,阳光刺眼。他们走得很慢,只因足下无方向。小区园圃里正在活动的狗子看了他们一眼,慢吞吞走进边上的狗屋去了。

"人与狗的悲欢并不相同。太惨了,混到这个处境,连狗都不如。"儒生是个感性的人,他为当下的困境感叹不已。

3个人的背影逐渐消失在街上,那种落魄感,如烈日灼人。

他们到了一座僻静的天桥底下。因为正是午后,有两个园林工人远远排开,躺在纸皮上休息,他们只好继续找别的地方。最后一致把目光放到一个公共厕所上。公共厕所后有五六十公分宽的排水沟,贴着高高的水泥墙。他们认为那里比较安全。

由儒生专门把风,另两人用铁锤干了起来,罐子发出尖锐的响声。远远望见有警车巡逻时,儒生吹起了一声长口哨,那两人就不敢再敲了,他们甚至屏住了呼吸。直到两声短口哨响起,他们才继续。好不容易终于打开了,3个人凑在一起,头上都是汗。

"干吗这么偷偷摸摸,这本来就是我们的钱。"红的、绿的……各种颜色的钞票,再厚一些才好。数下来,有4520元,他们一阵惊喜。钱虽然不多,但至少能缓解他们当下没饭吃、无处宿的困境。

这个钱当时是怎么存下来的?回想一下,似乎是3个人最开始合租的时候,结伴利用周末时间去做兼职,连着做了一个月,对方结算完,除去3个人集中开销后余下的。当时正好有这样一个"只进不出"的存钱罐作为活动奖品,他们就顺手领下了,然后将吃完一顿后剩下的钱全塞进去了,想着以后用于应急。

"去吃顿好的吧。"李义提议。大家这才发现的确饿得不行，儒生的肚子非常应景地叫了起来。

他们走进街边最近的一家家常菜馆，坐了下来。服务员告诉他们，可以扫码点餐，桌面上有二维码。"帮我们送一份菜单过来吧，我们等会儿用现金付。"李义说。他们商量了一会儿，点了酱香排骨、炒鱿鱼筒、牛腩煲、酸菜肥肠、炒南瓜苗、韭菜鸭血汤。想了想，又加了3瓶酒。

儒生走到最里面的长条沙发凳，看到旁边有一张宣传折页（可能是上一位客人留下的），那是一张旅游团的海报。他坐了下来。

在等待上菜的时间里，3个人很有默契地保持着沉默。未来该何去何从？各有各的忧虑和心事。

对生活无望，对未来无求，被世界遗弃，感到身体逐渐变成了一摊烂泥，无人搀扶，连自己也没有办法阻止，最后腐成水。那样的绝望，在吴欢身上最为明显，并且那样的感觉越来越强烈。为了躲避那些追债的电话，吴欢现在连手机都不敢开机，或者调为飞行模式，每次听到和自己手机一样的电话铃声，他都下意识地发抖。他想，如果有一个地方能彻底把自己隐藏起来就好了，谁都找不到他，他也不用再见谁。他也许做了某个决定，突然变得开阔起来，他咧开嘴，想要笑一下，却是苦的，脸色苍白得有些吓人。他的额头甚至渗出了一些汗珠，他一摸，是冷的。

李义和儒生没有关注到这个细节。他们低头刷着手机，但注意力很明显不在手机上，也不在其他什么东西上。他们的眼神很空洞，仿佛早已跳离此地，又不知去了何处。并不是说他们对未来感到无望，只是现实没有给他们足够的条件与支持。

他们茫然、无助,脸上满是愁容,不知命运的齿轮在哪一刻才会有转向。

吴欢早已默默开了酒瓶,分别摆在他们面前。"来,干杯!"这一声吼把另外两人拉回现实。他们甚至连酒杯都不用,就咕噜咕噜地喝起来。他们又接着上了酒。

没有人说到"未来"两个字,但大家的情绪都明显起来了。酒桌上的这一幕,像极了他们当年第一次聚会的画面,只是那一次是把酒言欢、搭伙合租,是相聚的开始。而这一次,是把酒言愁,甚至很有可能就此散了。

夜晚原本漆黑、寂静,城市的灯火让它变得色彩斑斓,人们的谈论声和划拳声让它变得热闹非常。透明而又无处不在的时间的钟摆,就在城市上空转动着。

"最后的最后,我提议,我们还是要继续在一起,扬起最后一次快乐的浪花。"儒生扬了扬手中的旅游海报。

跟团

前一天被逐,后一天就已经踏上新旅程。头顶上的阴天转为蓝天。别有一番戏剧意味。

原本他们想找个KTV之类的地方熬到通宵,但附近的KTV都比较贵,还有最低消费要求。特殊时期,他们得把钱花到刀刃上。最后,他们开了一个特惠钟点房,还能睡上两三个小时。为了这一趟未知之旅,每个人出门前还稍微整理了一轮——把胡子刮干净,头发梳整齐,鞋子擦一遍,换好整洁的衣服。吴欢则穿上了一件微微发黄的白色T恤,T恤左肩上有半颗心,原本和另一件的右肩组成一个完整的心形图案——只是他已经失去另一颗心了。他用手摸摸左肩上的图案,苦涩地笑了。

当他们上了那辆旅行巴士时，才发现那是一个老年团。扫了一眼，车上坐的多是老头老太，年轻一点儿的也有五六十岁，少数可能已经有70岁了。老人们有的闭目养神，有的望见他们则微笑示意。在老人们的脸上，似乎有一种重返春天的红润。偶尔也有个别年轻面孔，估计是陪伴老人来的。走到最后一排，发现那里坐着两个年轻女孩，一个梳着双麻花辫、一个留着齐肩短发。他们舒了一口气，和女孩并排坐了下来。

　　"儒生，瞧你这事儿办的。怎么回事？"李义一坐下来，马上就扭头问儒生。儒生靠窗坐，吴欢靠向女孩一侧，李义在两人中间。原本李义想和吴欢换位置，但碍于面子，又没好多说什么。

　　"我故意的呀，这样多好。旅行没烦恼。最主要是，非常非常实惠。3天2晚，7个景点，吃住行，才588元一个人，我一砍价，好家伙，500元搞定，咱们在外面住宿，两晚怎么着也得这个价吧。当然，这是体验价，原价可没这么低的。"儒生像冲出笼子的鸭子一样呱呱呱说个不停，话里止不住的得意，不过考虑到旁边有女生，他还是刻意压低了声音。"再说，我看见网上说了，跟老年团，也可好玩咧。说不定，我们都能找到出路。"后来再回想，他当时这句话竟然成了预言。

　　李义给他竖起了大拇指，说："你牛。"

　　吴欢对此没有提出异议。他的内心已经变得非常平静，没有任何波澜了。这次旅行，去哪里、怎么去，对他来说都是一样的，至少他要的"结果"会是一样的。他甚至没顾得上和边上的女生聊两句，就已经开始闭目养神——头一天喝得太猛，吐得太厉害，他都有些虚脱了。

　　李义不再管儒生。他时不时微微侧头，想仔细看看旁边的女孩，看她们在做什么，并且试图搭讪。但是得越过吴欢。刚上车的时候，他第一眼就看见了那个戴着墨镜、梳着双麻花辫、穿着黄色短T恤和牛仔阔腿裤的女孩。此刻他和她，隔了个吴欢。李义侧过脸，想伺机找话搭个讪。但对方全程戴着墨镜、耳机，双手交叉抱着一个白色背包。他呼了一口气，对空气说了个寂寞。

发车后，一个自称何导的卷发男导游在车头举起话筒说："各位大可爱、小可爱们，欢迎你们选择我们旅行社，选择了美丽南蓝。有人爱名胜古迹，有人爱大美山川。3天后，你们就会发现，自己的选择是多么明智！南蓝的山水永远不会让你们失望！"何导善用感叹号，这样刻意的高音调引来了老人们附和式的掌声。他的话里有止不住的夸大的热烈气息，每个字词都像一朵朵含苞欲放的花骨朵。

顿了顿，何导继续介绍："感谢大家的热情。我们这趟旅行已经正式开始，等会儿10点左右，将抵达第一站南蓝S田园，下午到D跨国瀑布，明天会前往T大峡谷，下午前往长寿之乡B县，后天就在B县游玩，再返程。相信大家已经对我们的行程非常了解了。要特别说明的是，我们这次选择的路线啊，偏向自然风景多些，非常优美，适合养生。但是也非常考验体力，适合喜欢挑战的群体，大家量力而行，旅途中相互照顾。我了解到，我们这趟旅行还有专门从外省来的朋友。再次欢迎！"掌声再次响起，还有随之而起的议论声。

何导继续说："接下来，我要重点介绍的是——"他故意再顿了顿，以此引起大家的注意，车厢内果然迅速安静了下来，"我们这趟旅行共有20个人，有三分之二是老年朋友，有三分之一是年轻朋友，非常有意思的组合。这五六位年轻人，他们基本坐在最后一排。"他的右手指向最后一排,前排的老人就都扭头往后看,有人还挥了挥手。于是后排的年轻人只好笑笑,举起手,回应式地打了招呼。

"年轻的朋友们,表演一个!"老年团有人带头起哄,"来一个!来一个!"气氛顿时热烈起来。老人们纷纷把目光聚焦在后排。

"年轻的朋友们,大家都在呼唤你们!谁先来?或者派代表来?年轻人,来来来,嗨起来。"何导往后排走,准备把话筒递给他们。他尽量走得慢些,给大家预留多一点准备时间。这大概就是导游想要的效果,一趟旅行,要的就是热闹、活力、快乐,这是加分项,气氛一起来,旅行安排就成功了一大半。旅行时最怕气氛死气沉沉,大家很难玩得尽兴。

这一番突来的操作把后排的年轻人整蒙了。特别是3个男青年,他们已经多年没有旅行过,并且是第一次参加老年团,没想到是这样的老年团。对于跟团游,他们还停留在"上车睡觉,下车尿尿,到了景点拍照"的刻板印象中。秀什么才艺呢?好像也没有什么好秀的,想了半天,导游越靠近,他们就越紧张。

"李义你不是会打八极拳吗?"儒生低声提醒。

"可是在车厢内也没法施展呀。"李义放弃了,他鼓起勇气,转向两个女孩,"女孩们,这次你们作为代表吧。唱支歌,讲个笑话,都可以的。"

两个女孩低头讨论了一下,她们临危不乱,表现得落落大方。最后是那个双麻花辫子女孩接过了话筒。车厢里顿时响起潮水般的掌声,如果不在现场,你绝对想不到老年团的力量如此澎湃。

"各位长辈、朋友们大家好!我们是从别的省过来玩的。以前网络不发达的时候,有好多人都以为,南蓝比较偏僻,是个穷地方,那里的人民出行都要骑马,要穿过崇山峻岭才有人烟。来了南蓝以后,我们才知道被骗了。"有些零星的笑声。"南蓝特别好。我们在南蓝念大学,待了4年。特别喜欢南蓝人民的淳朴热情,喜欢南蓝如诗如画的风景,那里的天一年四季都是澄蓝的,不愧叫南蓝,说到风景那简直处处都是宝藏。我还特别喜欢壁画,喜欢很多当地的特色文化。还有,特别特别喜欢的是,数不清的南蓝美食,比如酸汤海鲜粉,吃过就会让人爱上。"女孩娓娓道来,此刻她似乎化身为本场活动的主持人,现场互动了起来,"长辈们,你们喜欢南蓝的什么?"

马上有人脱口而出:"南蓝米粉第一名!说到米粉,南蓝米粉可太多了,除了酸汤海鲜粉,还有秘制老友粉、牛巴粉……""还有凉拌粉、猪脚粉、烧鸭粉、鸡肉粉、生榨米粉、生料粉……"七嘴八舌的"米粉大作战",车上又是一片欢乐的笑声。

有的老人说:"我喜欢南蓝的山水,还有山歌!"然后马上来一句:"唱山歌哎——"车上又有人接了起来:"这边唱来那边和——"后面还有人依稀在唱:"山歌好比春江水,哎——"又逐渐停了下来,把主场又交还给女孩。

"我们这个组合,配合得太到位了。"何导忍不住竖起大拇指,插了一句。

"说到山歌,那真的是绝了!"女孩对老人的回应非常满意,她笑起来,露出两个小小的梨涡,"接下来,我们要为大家表演的是用汉语和壮语合唱的《壮族敬酒歌》。"掌声雷动。认真的女孩是多么楚楚动人啊。李义趁这个机会,认真地端详起眼前的女孩来。

两个女孩齐声唱"呗侬①哎——"又是一阵掌声。双麻花辫子女孩唱的是壮语,短发女孩跟着唱汉语,叠在一起有种二重唱的韵味,一句接着一句。

"壮家敬酒要唱歌/山歌声声伴酒喝/贵客越多心越暖/呗侬哎/好比春风过呀过山坡。"

"只会这么一段。"女孩说。

掌声持续了数十秒,意味着上午车程的高潮到了。

"社牛②啊!"李义往左边甩出一个大拇指。

早晨的阳光十分明媚。公路畅通,绿意入眼,歌声空灵。女孩的活泼、开朗,打开了生命的通道——生命本就该有的鲜活、透亮,生命的自由、奔放。一切衰老,所谓低谷,都不过尔尔。

一些老头老太打开背包,翻出面包、水果、话梅等各种各样的食物,纷纷开始了分享和"投喂"。坐得近一些的老人,则和年轻人唠上几句。

旅行的意义,就是为了放松身心,回归内心旷野。因为年轻人的加入,老年人似乎也变年轻了,更有力量和活力。而在年轻人这里,则明显感受到老年人的善意和关爱,以及毫不吝啬的叫好与支持。

当很多形状不规则、颜色各异的珠子串在一起,谁也不知道最终会呈现什么样子,不知道会爆发出多大的力量。

这次旅行,注定不同寻常。

---

① 壮语"呗侬"意为"兄弟姐妹"。
② 网络用语,意为"社交牛人"。

第一章
一次旅行的碰撞

游河

第一站到达南蓝S田园。蓝河从翠绿的稻田中蜿蜒而过，两岸翠竹丛丛，远山倒影重重，村舍宁静错落，山明水秀如在画中，从喧闹都市来到这里，恍如进入世外桃源，叹一曲田园牧歌。如果关注影视，会发现有不少影视剧的取景地就在这里。

差不多有半数老人是自行组队来的，人员较为集中，据说他们曾经是同一个系统的老友。其余的老人基本是三三两两，各自报名，类似于散团。除了他们3个男青年，还有另外3位老人，看起来60多岁，身体还相当健朗，他们统一穿着橙色运动衫，基本上一致行动。此外还有一组看起来像一对母女。

那群人数较多的老人，一到石柱大门，就开始打卡拍照。他们叫上儒生帮忙，儒生从不拒绝，而且还帮他们拍出了理想的照片。他们每个人都兴奋起来，挨个排队要拍单人照，点名要"那个戴眼镜的小伙子"帮忙。有那么一瞬间，儒生成了移动的"摄影机"。

那3位老人，也让儒生帮忙拍了一张合照，说是要回去给同伴们看。他们3个人并不像其他老人一样喋喋不休，反反复复，除那张合照，他们基本上都自力更生，自行拍照，偶尔拍拍风景。他们有时甚至会谈论起当下的时政新闻，谈论国际关系，偶尔也会谈到某些他们自己的事，内敛而不张扬。儒生不经意间听了会儿，觉得还有点意思，因此也更愿意靠近他们多一些。

在他们后面，有一个独行的女士，她看起来较年轻，外表保养得很好，一头红色卷发，涂了鲜艳的口红，且很会穿搭，穿了一件藕粉色缎面连衣裙，看起来还不到50岁，但她说自己已经55岁了。她有她的逆龄秘方，并且非常想向同行的人分享。

走在步道上，她先是借机向一个差不多年龄但面容憔悴的女士靠近，一脸关切地问："阿姐，同行一场，你叫什么？你看起来好憔悴。要是遇到了什么糟心事，可千万要学会开解啊，不要跟自己过不去。"

女士一脸苦笑："你眼神真尖。你叫我桃姐就好了。"女士不愿再多说什么。

那红色卷发女士接着说，"桃姐，我叫丹丹，你看我，看得出来有55岁了吗？看不出来吧。所以呀，女人还是得对自己好一点。我自己就因为一直在用一款很好的保健品……"

桃姨点点头，一听到"保健品"这几个字，便不再接话。

一个原本跟在后边的，戴着米色大帽檐遮阳帽、遮阳镜，身穿棕色开衫连衣裙的长发女孩突然走上前来说："妈，这里的风景还不错吧？"她走到两人中间，生生将两人隔开，又故意大声地说："我不是告诉过您吗，那些推销保健品的，都是骗子。您的心一解放，就什么都好了，关键是您自己要想开点。想太多了，肯定浑身难受，人也老得快。"

听到这，那个叫丹丹的女人早已拉下脸，快步走开了。然后又掏出手机，连对焦都懒得对，假装四处拍了几张照片。接着又靠近人群，想寻找下一个搭讪目标。

这是个年轻女孩。那个叫桃姨的老人是她的母亲，她陪着母亲来参加这趟旅行。只是她坐在车上时，帽子遮住了脸，又靠着窗，没被留意。她细长的腿，极好的身材非常惹人关注。她的穿着偏素净，整个人散发着成熟、稳重的气息。和其他人不同，她几乎不拍照。在她看来，再多的美景都要用双眼去

第一章
一次旅行的碰撞

看，用心去感受，感受它给人带来心旷神怡的那一刻，就已经足够。

"你跟大伙玩去吧。等会不是坐竹筏吗？"桃姨和女孩说，"我想散散步。这里空气很好。放心，我这么大的人，不会走丢。"

"没事，那个是自由项目，妈您不想参加的话，我就陪您走走。乡村还是挺舒服的。旁边还有一些农家小店，可以买到一些土货。"女孩说。

"你去坐竹筏吧，我一个人走走。"桃姨没有再说话。她想自己走一走，但又没法支开女儿。她知道女儿是怕她出远门不适应，专门陪她来的。可她觉得自己动弹不得，不太自在，又说不出问题的根源在哪。可能是和内心始终沉不下来有关。她以前根本不会想到，自己会在这样一个年纪，走进了人生的一个转折点，一个只与自己有关的重要关头。以前她从来不会觉得这会是个问题，但现在会了。内心的狮子苏醒了，还会甘于被困在牢笼中吗。要冲破那样坚硬不可摧的牢笼，将会是怎样的一番血肉淋漓。可是还能有更坏的情况吗。这样的念头，在那一刻清晰了起来。

女孩在母亲的眼里看到了某种不一样的东西，虽然只有一瞬间，像闪电一般短暂的闪现，但女孩是那样敏感，所以她知道应该给母亲留一个独处的空间。"好，那妈您自己注意安全，有什么事一定随时给我电话。刚我问了，来回一趟也就40分钟左右。"

儒生是被那3个穿橙色运动衫的老人带上竹筏的，因为在路上走的时候，他们都靠得比较近。别的老太凑过来的时候，儒生已经被"先下手"了。儒生看起来斯斯文文的，对老人恭恭敬敬。本来没有这方面预算，也还来不及和其他两人商量。一个稍胖一点的老人就说，"小伙子，我们包一条竹筏，能坐4个人，加你就合适了。就当陪陪我们这些老头。"儒生不会拒绝人。他把眼神投向李义，李义已经向他摆手了。"去吧，儒生，你是男子汉，保护好老人。"

李义有自己的小心思。吴欢明确说了他不坐船。儒生又被老人拽跑了。于是李义下定决心要跟定那两个女孩，无论如何，总要找机会说上一两句话吧。他朝她们走去。

而桃姨的女儿，也已经走到了女孩边上，并且发出了邀请："我们一块坐一条竹筏吧。"李义赶紧说："加我一个。"

一条条竹筏在碧绿的河水中散开来。一些竹叶和不知名的白花、黄花、红花被风吹落，掉到河里，随着水波稀疏荡开。清风徐来，凉快而清爽。

那个和双麻花辫子女孩一块的，比较低调、短头发的女孩，默默从她的背包里取出了一个画本，开始画了起来。

李义是那条竹筏上唯一的男孩，所以他极力去调动气氛。"我们几个，至少得有百年的缘分吧，才能修得今日同船渡。"他一张口，竟变得诗意起来，可能是眼前的环境给了他灵感，也可能是因为女孩们，他感到莫名的亢奋。"很高兴认识大家。我叫李义，义气的义，我还有个外号，叫'理想主义'，我的名字是简称。但我这个人吧，不纯是理想主义，还是有几分现实主义。"

女孩们听着他的介绍，笑了起来，是友好的笑。双麻花辫子女孩说："你这人也太逗了。"

"你们也介绍介绍呗。"那女孩的话让李义甜到了心坎上，直到晚上入睡前，他都为这句话笑出了声，他成功引起了女孩

第一章
一次旅行的碰撞

的注意。

"我叫尹月。"双麻花辫子女孩说,"在画画的女孩是我朋友,叫雪妍。"

另一个女孩说:"我叫葛新,陪我妈来散心的,但她不喜欢坐船,一个人在周边逛。"大家这就算认识了。

竹筏缓缓前进,远处水面在日光照耀下铺满了银沙点点。

"大姐,你是本地人吗?"尹月靠近竹筏工——那是个衣着朴素的中年妇女,然后发问。

"是的,看到那边那座山了吗?"竹筏工指向远处,"山脚下就是我家。"

"哇,超美的!"女孩们一阵欢呼。独有的喀斯特地貌,在蓝天白云下,倒映在碧水之中。人如同在画中游。

"那你以这个谋生吗,生意好不好?"尹月继续问。

"现在地里农活不多,这边有活我就来,很自由。挣得多少都是自己的钱。假期或者周末,人比较多,平时就一般。"竹筏工边说边撑着竿,她的手法很娴熟,已经在碧波之上"渡人"无数了。她们就那样随意闲聊着。

在另一艘竹筏上,旅人们也开始了闲聊模式。"小伙子,依我们看,老太们都喜欢缠着你。"那个稍胖的老人打趣道,他语气温和。

"老人家见笑了,大家都宠着我呢。"儒生用笑意来掩饰尴尬,也带着幽默回应了老人,"感谢厚爱。"他模仿古代江湖中人,行了一个抱拳礼,对老人表示感谢。他看到老人的衣服上有一组艺术字,写着"红阳"两字。"老人家,你们衣服上写的字,是代表了什么名号吗?"

"嗯,这是我们新家的名字,也是我们自创的'品牌'。"其中一位较高的老人说，"创始人，或者说召集人，是我们这位，容叔。"他伸出手掌指向刚才那位身材稍胖的老人。老人朝儒生点头微笑。儒生果然猜对了，他就是他们这支小分队的领头人。"当然啦，我也是其中之一。大家都叫我魏老师。我退休后想找些有趣的事干，就跟着大伙体验这个养老模式。"他又转向另一位在船头看风景的老人，"至于那位，灿叔，是稍后一些加入的，非常能干，厨艺堪比米其林餐厅大厨，是我们的中坚力量。"

"你别听魏老师说得这么高大上。其实没什么的，通俗来说，就是组团养老而已。"容叔说。

以前听说过抱团取暖，而组团养老，这还是第一次听到。儒生没有打听更多。他连忙向几位老人逐一问好。

这个自称魏老师的男人，看得出他年轻的时候五官相当端正，岁月并没有彻底摧毁他的容颜。正是观察到这一点，儒生忍不住说："魏老师年轻的时候肯定迷倒不少追求者。"

"何止是年轻的时候，现在魅力依然不减当年。"那个叫灿叔的回过头来说。大家就都笑了。

打完招呼后，大家就没有过多地相互打扰了。

儒生享受这份宁静，收集起视频素材，这是他新定义的"事业"，他自学了视频拍摄和剪辑技术，并且利用大量的业余时间钻研和分析了很多大流量的视频风格，笃定要干出点动静来。"看，那边那座山，是传说中'二马画山'，一大一小，是不是特别像两匹天马。"儒生指向河的一处。然后让镜头随之而转。

在较长的一段时间里，容叔一直立在船头，静静望向山的那边或是更远处，神态平和，在他脸上看不见一丝波澜。另外

第一章
一次旅行的碰撞

两位老人坐在一边,偶尔走几步棋,偶尔也会抬头看看风景。而别的船,有的老太们正举起高高的丝巾拍照,还有人模仿电影《泰坦尼克号》的经典画面。

老人们和女孩们所在的那两艘竹筏靠得越来越近。容叔立于船头的画面,早已出现在雪妍的素描画作之中。

掉头返程后,尹月向竹筏工提出她的请求,她想把竹筏接过来。"看了那么久,我也好想感受一下当'摆渡人'的感觉,让我也撑一下吧。"她用手划过来,"这样,"划过去,"这样,对不对?"

船上的女孩们都笑了。竹筏工表示,担心她的安全。

尹月拍了拍身上的救生衣说:"完全不用担心,我这不是也穿了救生衣吗?"她还专门系了一下扣子。"而且,我一定会尽量站到船中间,不会太靠近水边的。"

竹筏工还在犹豫。她感到为难,更怕出事。要是出事了,谁担得起呀。

其他人就说:"就一下,就一下,阿姨,让她感受一下。"

最后,实在拗不过尹月,竹筏工把竹竿递过去,并强调:"就一下哦。"她一直站在旁边看着尹月,生怕出什么事。

体验过后,尹月得到极大的满足。她顿时灵感迸发,玩心大起:"雪妍,看到那座山没。我想到一个很好的舞蹈姿势。你帮我拍。"只见她站在船头,左脚一个小射雁,双手上拎,与山峰相向而立,营造了很好的画面感。而就在她下腿的时候,身子一不小心往后倾,她晃了两下就落水了。

船上众人顿时忙乱起来。李义眼疾手快,想都没想就跳下去了。

爬山

在乡村小道上散步的人三三两两,有骑自行车的人迎面而过,还有七八岁的孩子举着风车迎风小跑,追逐玩耍。

生活在网络世界太久,真实的风景在眼前,竟恍如梦境一样不可信。

仔细看,田里的稻穗正在变黄。在并不宽的河段里,也能望见河水清澈,卵石堆集,偶尔有些小鱼在其间游来游去,水变成了透明的镜子。

仔细闻,草木的芬芳还带着阳光的味道,还有不知名的小花散发着淡淡的馨香。

仔细听,远处的水牛偶尔传来"哞"的声音,甚至还有屋舍传来的鸡鸣声、犬吠声。

是的,穿过一大片玉米地,吴欢越来越靠近农家。在山水之间,人会变得越来越小,直至与尘埃合为一体,重回天地之间。他来之前,已经好不容易作出了决定。在这样平静之地,他朝着那个决定迈出步伐。他的目的地是屋舍后那座山。

走到最近的那户农家,有两位老妇在铁棚下的灶台忙碌着。一位老妇年轻些,坐得远,久不久会扔一根柴到灶膛里;另一位老妇则翻动着大铁锅里的东西。她们用当地话在聊天。发现吴欢走近之后,其中一位老妇笑眯眯地说:"靓仔,过来玩呀。"

这样的热情之下,吴欢不得不作出回应:"是呀。"他望了一眼灶台,又好奇地问:"阿姨,锅里面煮什么呢?"

"煮粽子。"

"过什么节吗?"

第一章
一次旅行的碰撞

"不是，家里添丁，我们农家风俗，就会包粽子，给每家每户都分上，报喜。"老妇很努力地在说普通话，虽不标准，但话里有藏不住的喜庆。

吴欢已经基本听明白了。"添丁，那就是家里有小孩出世啦。恭喜，顺利。"在老人的感染下，为一个新生命的到来，他的心情有了极为细微的变化，也忍不住说上两句好话来。

"谢谢！还要1个小时左右才煮好。一会儿你带几个回去吃。很好吃的。"在大铁锅边上忙碌的老妇说，她甚至停了一下，表示她的诚恳："难得碰见，都有份。"

吴欢笑了。这是近几个月以来，他第一次真心地笑。眉头舒展开来。他连忙答应："好，等下如果我还从这边下来的话。"

"你想玩的话，可以去坐竹筏呀。去游河吧，沿着河走，好玩的都在那边。别往里走了，这边都是人家住的地方了，没什么好玩的。"另一个坐着的老妇说。

"我是想爬这座山，好像是有一条路上去的，是从这边上去吗？"吴欢指了指屋后，那大概是个猪圈的位置。在石棉瓦棚上方，隐约能看到一条小道，外露出黄土。

"这边可以上去，就是比较陡，很难走的喔，一般人不往那里走。你要真想去的话，一定要小心点，别滑下来。"老妇回答他。

于是吴欢就继续往前走了。桃姨也选择了这个方向，她原本落后很多，在吴欢停下来与老人闲聊后，也差不多跟上他了。他们就那样一前一后地往山上走。

第一个坎，桃姨就没能爬上去，她试了两次，还是够不着那根木藤。吴欢是抓着旁边的木藤爬上去的。他听到后边的动静，才觉察到后面有人，回头一看，竟是一位老人，又看到她手臂的红色绑带,才明白是同一个团的。"阿姨,你为什么选了这条这么难走的路?"

这句话一说出口,他自己都怔住了。与其说是问别人,倒不如说是问自己。

这是一句意味深长的话,也一下子就击中了桃姨。与其说是她的回答,不如说是她的自问:"是啊,我为什么选了这条这么难走的路?"

她没有放弃手上的动作,仍在努力向上攀爬着。

眼前这位老人让吴欢心里发慌。首先他不明白老人的来历,其次他不知道老人的状态是否正常。因为看过很多乱七八糟的新闻,他更加怕老人出事,自己会蹚上什么浑水。还是说,这位老人,是老天派来拯救自己的?情况变得复杂了。有那么一瞬间,他想掉头就走。可是转念一想,别人又怎么与他有关呢?他怎么能放弃好不容易才作出的决定。他应该要克服万难,去抵达它。

"老人家,您是仙人吗?"他开了个玩笑,想以此来确认老人的身份。

"是的话,那我肯定'嗖'的一下,就到山顶了。"老人有些夸张地回答他。见他仍没有拉自己的意思,又说了一句:"赶紧拉我一把呀。"

吴欢不敢。他不知道这位老人是从哪里冒出来的,是人还是非人?直到老人摔了一跤,哎哟叫疼。又第二次请他帮忙拉自己一把,他才一手扶住一个稍大的松树干,一手转到后面去拉她。

他们各自往山上走。人皆有各自苦楚,亦知多说无益。谁都没有再说话。但是吴欢慢慢地转到老太的后面,要是她摔跤了，自己兴许还能扶上一把。这个妈妈辈的人，还要咬着牙去爬山，还有什么山巅上的风景没看过？人生的经历够多了。他不太想得明白，只是觉得有些酸楚。

就吴欢而言，他以前喜欢爬山，喜欢山林草木，山林似乎能给他足够的能量置换，让他能够舒缓快要缺氧的紧张感和焦虑感。以前他自己工作的时候，每个季度都会去爬一座不同的山。而这次，与之前都不同，这是他的决心，他的终点。

桃姨有时候会想，自己是不是年轻人说的那种，太过于矫情了？都一把年纪了，还经得起这样折腾吗？可既然她都出了远门，也就在刚才，她突然下了决心，就是要折腾自己，就是要挑战自己，为什么不试一试呢？于是她就选定了这座山。这也和吴欢有关，看到有个年轻人往这边走，年轻人的背影让她动容，她也大胆地随后。如果爬得上去，就证明自己经得起折腾。以前她从来不去想这些，但自从脑海里想到家里那无声的"雷鸣"和可能的争吵，她就开始想这些了，并且想法越来越强烈。

原本吴欢能在20分钟内爬上山顶，最后足足爬了快1个小时。中途，吴欢还折了一根半个手臂粗的木棍递给老人当手杖用。尽管老人的年纪还不算特别大，但她已经尽了最大努力，其间也停下来喝了3次水，靠着松木歇了两回。她的后背已经湿透，后腿几近拖着往上走。好在，两人即将到山顶。目测了一下，最高的地方海拔有四五百米。两人都长长地舒了一口气。

"真不容易啊。"老人说，她抬手抹了抹额头上的汗。

"是啊。"吴欢说，"我开始还挺担心您。现在就只有敬佩了。"

"你的目标是那边。"她用手上的木棍指了指山顶。

"您也是吗。"突然就有了结成战斗同盟的阵势，两人相视而笑。

山顶上有一片相对开阔的平台，像一个椭圆的鸡蛋被切成一半。山顶周围都是平滑地连接着山体，偏偏有一侧，接近90度的垂直，是典型喀斯特地貌。从平台上远眺，河流、田园和远山的风景都尽收眼底，在瞳孔里舒展的，是一块纯天然的画布上的色彩，无论从哪个角度看，都会被深深陶醉。

"不爬上来，肯定想不到还能看到这么美的风景。"老人感慨万千。她沿着平台慢慢地环山顶走了一圈。

吴欢看到老人的腿在发抖，开始还以为是爬山太累，腿部肌肉不堪重负而导致的颤抖。可他看到老人越来越靠近陡坡的那一侧，并越走越往外时，心快提到嗓子眼上了。不到两米的距离，那就是悬崖。"老人家！"他快步跟了上去，并试图拉住老人的手臂，"千万别想不开。"他张了张嘴，声音越来越小。

原本是自己想不开。如果没有这些插曲，此刻站在那里的就该是他吴欢。按照预期计划，如果顺利的话，他会纵身一跃，形成一条弧线落入谷底，他将会永远地匍匐在大山里。

老人停住脚步。她的腿已经抖到不能再抖，彻底软了。可她闭上眼睛，在短暂的几秒深呼吸之后，又睁开眼睛。一朵乌云遮住了烈日。她又环视了一圈，从大地与生灵之间寻求勇气，她的眼神变得坚定了。很快，她从右手无名指上摘下那枚金戒指，举到半空中，往后一甩，再往前一扔。乌云一过，阳光灿烂。无声而落，耳边如一声惊雷。

吴欢停在一侧。有那么一秒，他似乎看到了一位侠士。这激起了他的勇气。他不自主地往前走了两步，并且伸出双手，他也闭上了眼睛。如果一个人的一生都能被无尽的山风、旷野

第一章 一次旅行的碰撞

和阳光包围，还有什么风暴是不能平息的呢。

"背我回去。"老人看着他往前迈步，立即用母性特有、轻柔的语气说，"我身上有1万元，都给你。"

因竹筏上的事故，作为女儿的葛新，没来得及过问母亲的行踪，她怎么也不会想到，短短的两个小时内，会发生那么多事。她以为母亲已经回到车上休息了。同船的人因为衣服被打湿了，提前了半个小时回到车上换衣服。葛新没有发现母亲，她打了几个电话给母亲，但没人接，微信语音、视频也没人接，这才慌了起来。她想找，又不知如何找。

找了何导，得到答复："是不是在周边逛？"又说，"到集合的时间应该就会回来了。别担心，别担心。"

那如果到集合的时间母亲还不回来呢？葛新急了。那个叫丹丹的红色卷发女人一回来，就在一旁看热闹，颇有落井下石的意思。

何导看了看时间，还有20多分钟。"这样，我找熟悉景区的人先问问。再过10分钟，还不见人的话，我们一起去找。这个景区不大，而且有些村民我们都熟悉，可以动员他们帮忙。"

手机在包里响，一直响。吴欢走得很艰难，他不敢停下来，他怕一停下来，就再也走不动了。而且，集合的时间已经非常紧。如果不能按时回到集合点，事情就会变得复杂，也许后续的行程都无法继续。所以谁都不愿冒这个险。下山本来就很吃力，再加上背上的老人，他每走一步都要勾回脚趾抓稳地面，生怕打滑摔跤。

走到最后一小段平滑的路，老人才肯下来。直到手机铃声即将停止的前一秒，老人才接起电话："唉，没事。啊，刚才有点迷路，这就回去了。"

他们又恢复了进山前一前一后的走法。吴欢又走在前面，老人走得慢，也隔得远了些。但吴欢久不久就会故意放慢脚步。谁都没有停下脚步。

山脚下的老妇在等他。她用一个红色的袋子装了一袋粽子，给他递了过来："我还以为等不到你了。"

"我也以为不会再回来了。"一个陌生老人的关心和惦记，让吴欢鼻子发酸。他已经太久没有感受到这样的温暖了。

"恭喜恭喜。""同喜啦。"

他走了几步，又折回，从口袋里揣出仅有的100元，递给老妇。

老妇不肯收，他硬塞，反复几回。"小心意，祝小宝宝快长快大。"

穿过玉米地的时候，吴欢开了一个粽子，递给老人。

老人把背包里的一个袋子取出来，塞给吴欢。

"我不要。"

"你付出了，应得的。刚才在山顶上就已经说好了，不是吗？"老人强行塞过来，这个手法他刚才也用过，他推，她再塞。"再说，我还要请你帮我保密的。什么都不要在我女儿面前说起。答应桃姨。"

走了一会儿，吴欢又开一个粽子，边走边吃，任泪水混在汗水里一齐落下。某种意义上说，他获得了拯救。

桃姨的女儿葛新，大老远就迎了过来。看见葛新的那一刻，吴欢傻眼了。

组合

在一家农家菜馆用午餐。儒生和3位老人，李义和两个女生，还有吴欢和桃姨母女，刚好凑够10个人，就成一桌了。另一群人自动组成一桌。菜品不错，虽然简单，但食材鲜美，都是当地的土鸡、河里的鱼、红薯叶、玉米、玉米粥等。菜品口感很好，加上大家都有些累了，用餐的还有过半的年轻人，所以每上一道菜，只转了两圈就消灭了。

年轻人之间互相介绍，尹月还主动讲了上午落水的糗事，自己带头笑起来了。

"李义，你够仗义，我记得你是不怎么会游泳的，还想英雄救美。"儒生笑他。

"谁说我不会，我只是没那么厉害而已。"李义试图狡辩。

"够哥们。"尹月说，"我还得回过来救他，我们这算互救了啊。"

李义"嘿嘿"一笑，他夹了一块扣肉塞进嘴巴，在咀嚼中掩饰尴尬。

老人们则一致感到担心。"姑娘，这样很不安全。以后可千万别这样。"容叔说。

"没事，假如我不会游泳，我可不敢到边上。不像某些人。"她喝了一口汤，"咕噜咕噜——呛几口水进去，就像这样的。"

知道儒生爱拍视频后，容叔说："这个好，现在大家都爱看。最好做一些真正好的东西出来，真正有意义、有灵魂的。我们红阳苑有位老人，也很喜欢玩摄影。有空你过来玩，你们估计能玩到一块去。"他们又各自启动了新的话题。

葛新则一个劲地低声问母亲发生了什么事。桃姨说："都说了，走到田里去，摔跤了呗。然后又迷路，走了好久。别问了，这儿人多。"

因为平时吴欢独来独往惯了，两个同行的男青年没有觉察出吴欢有什么不同,更不会明白两个小时内,能发生这么多如过山车一样的经历和转折。也可能,他们被新的人和事吸引了,注意力不在吴欢身上。

吴欢吃得不多,可能跟他刚吃了一个粽子有关。他故意坐在葛新的斜对面,这样就可以光明正大地偷看她。在葛新的身上,他看到了曾经深爱过的人。某种相像的神韵,无论是从前,现在,或者将来,只要看上一眼,都足以让他沦陷一百次、一万次。甚至,连他们的第一次对话,他试探过,也得到了何其相似的回答,虽然语气不同。

他是这样介绍的:"我叫吴欢。口天吴,欢乐的欢。你看我这名字起的,无欢无欢,没有欢乐。"

葛新说:"吸引力法则听说过吗,你自己这样想,结果就会这样导向。'吴'也即'我',你怎么不说,吾欢,我欢乐呢?"她说话一针见血,不留情面。从她和母亲的对话来看,她也如此直接。

她说的是那个"吾",也就是"我",他一下就听出来了。这正是他想要的答案。而他,也因为这个答案,而陷入疯狂的思念之中,有一种"失而复见"的狂喜。他庆幸自己还能好好地坐着,而不是变成了山间的尘土。短短的一个上午,他从差点失去自己,到收获了太多、太多。他没有多想,无论换作是谁,假如一个人足够善良的话,若路过,看到一个在绝望深渊徘徊的可怜人,是不是一定会竭尽所能地将他拉回。他只知道,从今往后,再不要说自己"没有欢乐"了!

这是旅行团首次集中用餐,也是一次重新组合。过后,这10个人自动组合成了"团中团"。这奇妙的缘分,也表明这次旅行,将开启更多的故事。

当天下午，他们接着游玩了 D 跨国瀑布，瀑布是国家 5A 级景区，是在亚洲甚至世界都排得上名号的跨国瀑布。这个瀑布横跨了中国和越南两个国家的边境，宽 200 多米，落差 70 米，三级跌落，在石崖和翠绿中倾泻而出，非常雄奇壮阔，所谓"遥望似素绢垂天，近观则白雾升腾、飞珠溅玉"一点都不夸张。

傍晚，到一处古寨，观赏壮家用石头和木头搭建的原生态干栏式建筑，听边寨村民聊边关往事和见闻。鉴于上午的精力耗费过大，年轻人除了拍照、品尝美食，在当天剩下的行程中变得安分和规矩了不少，更多是在自然风景里沉浸式体验。

就吴欢而言，爬山特别是背人下山让他劳累不堪，晚饭过后，他没有参加年轻人组织的活动，而是洗漱后早早就睡下了。很久没有这么大的运动量，也已经很久没有过这么久的睡眠。他失眠已久，因而在失眠中变得越来越憔悴。这次休息，如同在沙漠里跋涉千里的人，得以躺在柔软的草地上，迎来天降甘霖，洗去一身尘埃。一觉过后，他感到浑身酸痛，似乎被人痛打了一顿。他挣扎着起了床。

窗外的车流如拧开的水龙头，同步流动着。他反复刮了两回胡子，用清水梳洗头发，并且认真挑选了衣服。

有了前一天的体验，新一天的旅程变得让人十分期待。

"团中团"的成员已经约好了去一家米粉店吃特色早餐。吴欢唯一的期待是那一副面孔。可直到用餐结束，桃姨和葛新都未出现。吴欢又把希望寄托在接下来的旅程中，直到班车发动前往 T 大峡谷，他在车厢内来回扫了几遍，始终未见，他又失望了。

经过更进一步接触，老人们问起年轻人的工作。

这个话题有些尴尬。虽然他们知道老人们是出于关心，他们的口吻里，也没有打探的意思，更多是真诚的关心。

关于暗处的隐秘。工作、爱情和家庭，每一个背后可能都有伤疤，人们非得揭开来看不可吗？可人们的关心往往就在这些点，似乎不谈这些，就没有任何话题可言了。似乎只有谈到这些，才能表明关心。更不可思议的是，人们就是通过对隐秘的打探，来假装关心到位而已。实际上谁都没有那么真切地关心，戳开伤疤后，只会这样反应："天啊，太不正常了，伤疤这么大、这么丑。"不会真心问一句："疼吗？"更不会为那个伤疤盖上一片遮羞布，而是任其暴露。

"失业"这两个字几乎是他们的咒语，足以在说出口的瞬间将他们的热情浇到冰点。虽然说失业不是个多大的事，也没必要为此感到羞耻。时代变化之快，新事物层出不穷，智能化的普及，使得一些传统职业正在淡化，甚至彻底退出，失业的人又不止他们几个。或者，换个说法，正在创业？不，目前根本就还没有任何启动资金，也没有头绪，不如说，还在探索创业好了。

最后李义是这样回应的："老人家，您是想帮我们介绍工作吗？"避而不答，不是高明，而是不得已。

"如果你们真的需要，我可以帮帮忙；如果你们看得上，还可以直接到我们那里。"容叔一脸真诚地说，"不过，我们那里太小，不像什么高科技平台、新平台，没法给你们什么发展。最多只能是过渡，如果你们的确需要的话。"

尹月探了一个头回来说："老人家，你们做什么呀？我失业了。"她说得很稀松平常。"我也在找工作，虽然我并不想工作。"

第一章
一次旅行的碰撞

李义耳朵很尖。他一听完，低垂了好久的头，立马可以略微抬起来了。他多了一些信心，这至少表明，大家都处在相似的处境之中，人与人之间还不至于出现不可逾越的鸿沟。

"我们那很小的，就是一个很小的养老院，大家在一起组团养老，很小的社区实践。不过，如果真有年轻人来做，我觉得未来是大有可为的。因为现在我们国家老龄化的问题已经相当明显了。未来老龄化问题可能会更突出，越来越多的人正在变老。'老有所养'是大家的愿望，有一个好的'老法'是大家的诉求。你们可以从我们那个小地方开始起步，多看看，多想想，怎么去创造一个更好的模式，去服务更多人的养老需求。"看到有人感兴趣，容叔就忍不住说个不停。这是他隐约的期盼，他敏锐地看到养老事业的发展空间，如果他还年轻，他指定要在养老事业上有一番作为。他当然希望能有人开创越来越好的养老事业，去填补空白，这样老年人才能有越来越多的生活模式选择。这关乎人生大事。劳碌一辈子，舒心度过晚年，是多少人的梦想。

"听起来很不错。的确，社会也关注到养老问题了，以后肯定会往'家庭式'的养老方向走。"一直比较安静、斯文的雪妍，也开始说话了。

如果人们稍微关注一下这个女孩子，就会发现，她的穿着很休闲随意，没有精心雕琢的感觉，她的性格看起来不与人争，她的行为也很特别。在旅途中，假如她看到有落地的瓶子、塑料盒，或是别的垃圾，她会随手捡起来，然后分类投掷到最近的垃圾桶里，这已经成了她的习惯。她有一整套捡垃圾的工具。

魏老师在不经意间看到，有时还会加入她的行列，主动走过去帮忙搭一把手。

雪妍关注老年人的处境。所以她听到"组团养老"之后，表现出了极大的兴趣："具体是？"她想问得深一点。车子偏偏这时拐过弯道，有比较明显的刹车，把座椅上的人抛得歪向一侧，车厢里一阵骚动，幸好车子很快就平稳了。老人们坐正了身体，回归了短暂的平静。这个话题就过去了。

T大峡谷，被誉为"地球上的美丽伤痕"。除有180多米高落差的极为壮观的瀑布，峡谷内还有藏金洞、古石垒营盘等宋代遗址，绝壁上还有令人赞叹的古崖洞葬，峡谷间长着各种各样的奇异植物。一听到要爬坡、过桥和渡水，考虑到峡谷环境和自身身体因素，一小部分老人放弃了一些项目，改为更轻松的游览。

3位老人中那个叫灿叔的，也是如此。他和之前那个叫丹丹的红色卷发女人聊到一块去了。一听说有产品能让人焕发容颜，他就表现出极大的热情。也可能是女人的样貌吸引了他，总之他乐于为她拍照，两人一路聊，一路笑。于是灿叔和容叔、魏老师说，他的体力比较有限，选择自由游览，就不和大家伙一块了。

儒生走在前面，说是打头阵。容叔、魏老师随后，吴欢、尹月和雪妍跟着，李义断后。大家慢慢走进峡谷的栈道。沿着暗河进入溶洞，巨型钟乳石高崖倒悬，洞穴内河涧曲回，一番奇幻景象。因为洞内潮湿，道路湿滑，大家走得小心翼翼。

就在整个队伍即将走出溶洞，视野变得开阔之时，容叔发现了一颗非常别致的石头，就静静地躺在河岸上的一个小角落里。那里已经出了护栏区域，还挂着一块牌子——"危险区域，请勿攀爬"。容叔扶住护栏的最末端，想伸手过去捡，但够不着。他又移动了一下脚步，不小心踩到一处青苔，脚下一打滑，他倒在护栏之外，差点要滚落暗河。说时迟，那时快，吴欢、李义根本来不及多想，赶紧伸手去拉住容叔，在大家的齐心帮助下，容叔才脱离了危险，大家也松了一口气。

众人对容叔的行为十分不解。最后，只见容叔非常执着地，再一次想要去尝试，非要捡到那块石头不可。大家才明白容叔的冒险是为了那块不起眼的石头。李义手臂长，人也灵活，他沿着护栏，最终帮容叔捡到了那块石头。

"老容啊，你也太执着了。你知不知道那样做很危险？犯不着和自己的老命过不去呀。"魏老师知道他是为了什么。这么多年了，容叔还是没有放下，但他从不表露。

"非常奇妙的感觉，像是上天的指引，就在那一瞬间。我觉得必须拿到它，就是它了。"拿到石头后，容叔把石头装进了包里。他的心情变得愉悦起来，似乎此行就是为了这一块石头。

"为什么呢？"李义感到困惑，不知道一颗石头还能有什么魔力。

"说是出来游玩，其实还挺冒险。"容叔没有回应那个问题，而是幽默地自嘲，"不服老不行啊。"

然后对几个年轻人表达了感谢："好在有你们几个，真是好孩子，你们给了我新的生命，以后你们要把我当成你们的孩子啊。"这是一句发自肺腑的话。

这次旅行途中的探险，以及齐心协力共渡难关的经历，让这个"团中团"组合的关系变得更紧密了。

承诺

柴火烧得旺盛，火焰红而热烈。一群人手拉手围成圆，随着音乐节拍起舞。火焰是内心的镜子，倒映每个人的脸，至少这一刻，没有任何主观、饱满的复杂表情，只有无修饰、空洞的赤诚无瑕。这是篝火盛会呈现的。

老年人和年轻人在一起，也如这般，在时空之下，聚成一团火。在这之前，他们在壮家长桌簸箕宴上已经主动举起杯子，让玻璃杯碰撞出清晰迷人的声音，丝丝振动回弹到手里。

哪有什么年龄之隔，哪有什么职业之别，夜空中涌起的泡沫，不过是浪花一朵，在大海里翻涌、跳跃，生命的流动大概就是这样的吧。

容叔白天受了点伤。雪妍随身带了应急药包，她用消肿止痛酊给容叔涂在脚踝附近。到了傍晚，容叔的脚还是有一点肿。到了长寿之乡B县后，大家让容叔先休息，他不听，非要坚持参加"团中团"的集体活动，并且为了表示感谢，容叔一定要请客，请大家体验簸箕宴、篝火会。"你们总说老年人都习惯早睡，我们呀，实际上也喜欢热闹。特别是凑凑年轻人的热闹。"容叔的内心的确是这样想的，但他的身体没能给他足够的支撑，更多时候，他只是在旁边看，看篝火中的人脸。在火光的变幻中回想过往的大半生，心中感慨万分。脚痛得不行的时候，容叔就会退出来，坐在长条凳上休息，这时雪妍就会过来陪他，和他聊上几句。

上半场主题篝火盛会结束了，人群散开。有的重新组成一圈，有的则回到座位上休息。除了他们，还有别的团，也有几批人来了这里。"团中团"的成员又围坐在一起。

桃姨和女儿就是这个时候才出现的。仅仅过去一夜一天，桃姨的身体就看起来有些虚弱，但脸上的颓丧几乎都消失了。反倒是葛新，她的神色有些不悦，甚至有微微的愠怒。她一出现，吴欢的视线就没离开过。大家问她们："白天怎么没去T大峡谷玩？"

葛新说："我妈妈晚上发高烧了，身体发冷，早上看她还有些反复，气色不太好，我怕她吃不消，就陪她在酒店休息。她还不愿意我陪她，把我骂了一通，说我出了钱又不去玩，浪费。"

"阿姨也是不想耽误你，想让你能玩好啦。"尹月安慰她。

"玩了也不定就能玩好。谁知道下一刻会出什么事呢？"容叔指着自己的脚，说，"看我这脚。不过，痛并快乐着。老人嘛，这个'老'字，该认还得认，不该认就绝不认。"他这样一说，气氛就缓和下来了。

"现在好些了吗？"人们开始转向关心桃姨的身体。

桃姨点头说："出了一身冷汗。退烧了，没事了。"

葛新说："犟得很，晚上一定要来和大家会合。"

新一轮篝火盛会又开始了，游客自由参加。当地的少数民族女孩和老人们穿着当地服饰，举着绣球，在欢快的音乐中邀约大家。吴欢走到桃姨母女面前，他鼓起勇气问："去吗？走动一下，身体会暖和点。"

桃姨摇摇头，她转向女儿："你去，和小伙子一块去玩会儿。"

葛新白了一眼："我的亲娘哟，你真的是，生着病还操心我。"

葛新跟着吴欢到人群里去了。如果不是夜色朦胧，如果她看清了吴欢那充满渴望的眼神，她应该会选择拒绝的，就像后来她的态度一样。

真像个狂欢之夜，快乐的气息在小岛上弥漫。儒生实时录了一些视频，加上之前的视频素材，他心满意足，开始坐在位置上剪辑视频。为了不被打扰,他故意隔得远一些,老人们也不打扰他,说话也尽量控制音量。

这一次,儒生已经有了想法,就是聚焦年轻人和老年人在旅途中的碰撞。一路上的美景,一些有趣的瞬间,甚至包括落水的画面,都有被他捕捉到。这些画面,多有意思呀,这才是生活本来的样子。烟火气、人情味,只要能表达出他自己的感受就行了,他也不指望别的。在这之前,他已经在平台上上传了100多个视频。为了试水,他做了很多不同风格的视频,有做菜的、拍段子的、用方言唱歌的,就差学人家那样男扮女装了——那个他肯定不愿干。本想看看哪一种更吸引人,但一直都处于自娱自乐状态,没有人气,点击量少得可怜。他偶尔还昧着良心模仿网上的"教程",用另一个号去发表一些阴阳怪气的评论,试图用"口水战"把它骂火,结果大失所望,依旧没能引起注意——也幸好不火,他不愿意用这样的方式火起来,为此灰心了好久。现在,他不想再去挣扎了,每一个作品发出去就是独立的个体了,任它自由生长吧,各有各的宿命。

在座位上的,还有容叔、魏老师、桃姨,他们吃着当地的水煮花生,进入闲聊模式。桃姨从容叔口中第一次听到"红阳苑"这个名字,他们又低头聊了好久。

桃姨问:"还可以加入吗?"

容叔回答:"当然可以。那边床位还有很多,而且也有女性,日子不会很难过的。只是,你怎么会舍得你家人呢?看你女儿多孝顺。"

后来,容叔忽然想起什么:"魏老师,老灿呢?"

"和那个叫丹丹的女人混到一块去了,头发是红色的,卷卷的那个。"

"了解人家底细没,可别被骗喽。"容叔显得有些担心。

"那个女人之前还找我搭讪。我女儿都不让我搭理她,怕她搞传销。"桃姨加入了话题。

魏老师也表示担心:"我提醒过他了。他说没事,他心里有数,他还说是因为有眼缘、有话聊就走得近一些,搭个伴而已。叫我们不用担心他。"

"回头我也找他说一说。"容叔说,"他肯定以为自己的第二春要来了。"

雪妍跳了一会儿就下场了,她又回到位置上。先是绕到儒生后面站了一会儿,看他在剪辑的视频。然后,又坐下来,问老人们要不要去跳舞,大家都摇头。"运动量不大的,就是跟着拍子跺跺脚、拍拍手。"她喝了一口茶水,又顺手掰了一根拇指那样长的小米蕉塞到嘴巴里。"不过,不去也好,那边人多,怕你们被踩到,或者摔跤,我们不如聊会儿天吧。"雪妍知道老人最怕寂寞,大部分老人都喜欢有人陪他们说话。她也想听听他们组团养老的故事。

"容叔、魏老师,在家里不是也挺好的吗?你们怎么想到要组团养老的呀?"她抛出疑问。

这个话题一出,空气变得安静了。雪妍一阵懊恼,是不是问了不该问的。她赶快自己救场:"抱歉啊,我问得唐突了。我只是觉得这个想法蛮好的。想多了解一下而已。"

"为了相互有个照应,不至于哪天走了都没人知道。"容叔说得很淡然,似乎只是在谈论无关的事。夜风袭来,他轻轻咳嗽了一声。"也不是每个人老了以后,都还能有一个完整的家的。"吹入夜的话句带了几分萧瑟。

儒生的视频剪好了，并且他郑重地点击了"发布"键，视频发出去了，这晚他给自己定的任务也完成了。他站起来，扶了一下眼镜框，又向上、向左右张开双臂，放松了一下。

儒生正想往篝火方向去找李义和吴欢他们，就看见那几个人已经往这个方向回来了。这晚尹月扎的是丝巾双马尾，她的手上举着火把，显得野性十足。李义和吴欢的脖子上戴着绣球，兴许是刚才的女孩们送上来的。他们一回到座位，就开始拉起老人们的手臂，站到旁边的空地上，教他们刚学来的舞步，草地的快乐就被他们的舞步激活了。

谁能想到，在这夜空下，原本交集无多的两群人，却因为这欢快的气氛，将年龄的差距、思想的差别变为虚无，快乐在黑暗中把每个人的电路都接通了。拍子就是桥梁。他们尽情摆动身体，让这个夜晚属于快乐。年轻人还整齐地喊起口号："嘿呀，老人家，要长寿啊！"老年人受到极大的感染，也整齐地回喊："嘿呀，年轻娃，要快乐啊！"

就在这时，不远处的湖边燃起了烟花。璀璨的烟花将夜晚的柔情释放到了极点。

烟花落尽，繁华尽逝。明天，旅程即将结束。大家又不得不各自面对自己的问题，回归到蝼蚁里，回归到盼望与无望中，回归到艰难的爬行，回归到空虚的追逐。儒生录下了所有的画面，按下结束键的时候，他突然想到这些，这个感性的男孩，来不及扶正他下压鼻梁的镜框，号啕大哭起来。同行的李义、吴欢，他们的眼睛也齐刷刷地湿润了。

这一幕感染了在场的所有人，大家都在悄悄抹眼泪。容叔和魏老师还拍了拍男生们的肩膀。桃姨也跟着哭了，也许是想起了自己的心事，她越哭越伤心。女孩们紧紧拉着她的手。

儒生抽噎着说:"苍天啊,我们真的无家可归,无处可去了!"

老人们则拍着胸脯:"到我们那里去,红阳苑愿意为你们敞开大门,那就是你们的新家。"

星空为证。所有的誓言都成真。

不同群体同居一处，岂会少了磨合与风波？而敲开彼此心扉的，有且只有一把钥匙——真诚。

第二章 从陌生走向熟悉

跟随

有了篝火之夜的铺垫，3个男青年已经决定将老人口中的"新家"作为他们的容身之所了，至少先挺过眼前的难关，谁知道未来是不是会变得更好呢。这大概就应了李义旅行前说的那句"船到桥头自然直"。

容叔是说到做到的人，他有威信。按照容叔的说法，正好有这样一个契机：养老院的管理和服务工作已经外包给一个专业的团队做了，但因为合同已经到期，对方的专业技术人员和后勤工作人员也要进行一次大轮换，新的人员还在分配当中。原来对方还商量着说，过渡期能不能先安排人员过去值班，可以是定期的，也可以根据他们的需求不定期上门。就现状来看，这倒没什么太大的问题，老人们可以按实际获得的服务付费,也可以根据自己的需要来选择服务。他们的养老院本来就是自发组织起来的,大部分老年人基本上都是可以自理的。

这样一来就给年轻人腾出了"空"。过来的时机正好。

按容叔的承诺,年轻人可以免费吃住,只需要负责帮忙做一些管理、后勤和服务,给有需要的老人搭把手。这样一来双方都各取所需、各有所获。他们的时间还比较自由,可以找生计,真正把事业创起来。如果哪天不想待了,或者找到新的出路了,随时可以离开。为了让他们更放心,魏老师还说可以签协议,以他们的意志为准。实际上也不必,他们的相遇本来就是一个随性的组合。

年轻人自然是乐意的。儒生的家人不管他,也没有能力管他,说是全任他自立自强,实际上是任他自生自灭。李义呢,说起来也可怜,母亲在10年前就因病去世了,父亲3年前被洪水过境后的山体滑坡冲走,李义没了父母,也没了家,只能孤身闯天涯。吴欢,躲到一个新的地方去,那些要命的债主都找不到他才好,这是最理想的,他求之不得。

如果说年轻人的跟随是自然而然的,那么,在临行前桃姨的执意要加入就变得让人不解了。

葛新不敢相信,不到3天的旅程,在母亲的身上就发生了那么大的变化。原本她计划请公休带母亲出来旅游,就是为了带母亲逃离那个家,让母亲逃离与父亲——她不知道称那个人为父亲有何意义,那痛苦而窒息的关系。可母亲一开始说什么都不同意,葛新哀求了好久,最后还是用先斩后奏的方式说,已经请了假,已经订了票,强行把母亲拽了出来。此前连短暂"逃离"都不愿意的人,竟然突然就要彻底"决裂"。用她自己的话说是:"再也不想回到那个家了。"

这是葛新想要的结果,只是没想到这个结果会来得这么快。转变是在哪里发生的呢?她回想起在S田园母亲那一次的"一个人静静"和失联。又回想起那一夜母亲生病,发了高烧,说了很多胡话,似乎有一个人从她的体内退出了,新的人长了出来。

收拾完东西后,她忽然发现,母亲手上戴的金戒指已经不见了。

"妈,您的戒指呢?"

"不知道。"

母亲竟然一点儿都不着急,也不惊慌。不知道?她怎么可能不知道。"那可是您要了好多年才得的。"她记得,差不多有七八年的时间,母亲哀求不得,又转为强迫,才得到这一枚,几十年来唯一的一枚,事实证明毫无意义的戒指。这大概是能让她自我欺骗、继续忍受家庭一切暴力和痛苦的所谓动力。

母亲没有回应她。葛新想,扔了最好,她根本就不在乎。那也许在别人家是"爱"的纪念品,在她们家,不过是屈辱和血泪的见证罢了。不管如何,那就向着新的生活出发吧,能把母亲拽离那个苦海,她已经耗尽力气了。在这之前,葛新已经屡屡崩溃,游走在即将放弃的边缘,否则她就要再次被拉下深渊了,天知道她为了与那个家决裂,伤得多么血肉模糊。

现在来看,那些努力都值得。"妈,下个月我发工资了都转给您,下次您自己去买个钻戒,自己送给自己,专属于自己的。"

"嘿嘿。"母亲开心地笑了起来。好久好久没有这样的笑容了,就像一朵枯萎已久的花,突然灿烂地绽放开来。

这样一来,葛新并不反对母亲的决定。只是她不太放心。

加之她的假期已经结束了，她没办法跟着去看看新环境。她专门找容叔和魏老师了解了养老院的情况，特别是食、住、行、医等，觉得也还可以，特别是那里住着的老人，身体素质和心理素质都比较高，这相较于传统的养老院而言，非常难得。在他们同意接纳母亲后，她答应每个月向他们固定汇款。

吴欢听说了桃姨要一同加入，跟着他们到G省去的消息后，他感到莫名的惊喜。他主动找葛新互留了电话号码，他的理由非常正当："这样，你要是想了解你母亲的情况可以随时联系我，我这边如有你母亲的紧急情况也方便第一时间联系你。"原本葛新也有这个想法的，只是还没来得及找到3位同行的男青年，所以她欣然接受了，并真诚道谢。是的，有年轻人在，她会放心很多。一群老年人组团养老，总归有隐患，或者说有不方便的时候，假如真的出了什么事，老人们哪能应付得过来呢？有年轻人在，无论出什么事都能有个照应。容叔也告诉过她，他们需要年轻力量加持，这次就是最好的互相成全。

回程并不顺利，问题出在灿叔身上。这次旅行，他认为自己有了宝贵的收获，但还不够，他听了丹丹的提议，想前往另一个景点，据说想去P市的达西山，去庙里求一支签，然后再自行回去。

容叔不答应。他说："不妥，我们是3个人一起来的，肯定要3个人一起回去。"

灿叔说容叔死脑筋，他执意要去，因此说了狠话："我们本来就没有绑定关系。如果这点自由都没有，我想我是不是该退出红阳苑了。"

魏老师见势不对，开始柔声相劝："老灿啊，我们是在担心你。你一个人在外头不安全，真的出了什么事，我们也担待不起啊。下次有机会了,我们还可以一块去,或者,可以约你的朋友来玩啊。这次先跟我们一块回去,好吗?"

容叔也柔声附和:"是啊,安全起见,我们这次先一起回去。"

语气柔和多了,也说到了点子上,灿叔左思右想,才没有再坚持。但在下车点解散后,他还是私下找了丹丹,不知道他们具体说了什么。随后,一行人才去了车站。

现在要说儒生发布的视频情况。头一天晚上尽情放纵后,他没来得及看手机。早上起来一看,也没搅起多大的水花。他后来就不再关注了。加上旅程的第三天,也就是最后一天,行程安排得满满当当,走了B县的岩洞、古村落等几个景区,大家都沉浸在"最后的风景"里,他则专注于拍摄更多视频。

所以,直到下午返程时,儒生才认真打开手机,再次看了自己发布的短视频的情况。在他心里,他隐隐约约觉得,这次的视频,无论如何,多几个点赞和留言,这个期待不过分吧?但多少次了,所有像这样的期望到最后都会落空。儒生总想着,或许这次会不一样呢?最后又是"果然是一样的"。

儒生这次也抱着同样的心态。但在点开画面后,他彻底惊呆了!"999+"!成百上千的点赞、评论。他内心狂跳不已,开始疯狂地刷评论。大部分是好的评论,但也有质疑是摆拍的,或是其他的不好的评论。他眼睛一眨不眨,把长长的留言逐一看完,生怕错过了哪个字眼。一些有趣的评论,他还会反复看上几遍,脸上露出得意的喜滋滋的笑意。偶尔也有一些旧视频,被新粉丝翻出来点赞、评论。

"野百合也有春天",他的脑海里已经唱起来这首歌。原来这是真的,野百合真的有春天。

如果不是在车上,儒生真想跳个几丈高,原地转上10个圈圈。此刻的心情难以表达,他翻看手机的手指微微颤抖。这表明,他多年的努力终于没有白费。老天有眼,他的光芒没被埋没。他甚至觉得,自己就要火了,这是迟早的事。他总是大胆地这么想,而这一天,看起来就要来了。他的粉丝已经从30多个涨到了3000多个,百倍的速度。血液在体内疯狂地流动。太夸张了。

儒生又去翻了各种热搜排行榜,知名的、不知名的、官方的、民间的,希望看到与自己视频有关的话题。如果能上热搜,那他就是被彩蛋从天砸中了。可惜他没有那么好的运气。

车厢内的其余人,包括吴欢、李义,大多沉浸在睡梦中,没有人觉察到儒生的喜悦。

过了好一会儿,儒生才让自己平静下来。假如自己真的出名了,他就不必过这种寄人篱下的生活了吧。儒生真想马上就下车,他觉得苦日子快要过到头了。这样一来,对于接下来的生活和安排,他将拥有更大的自由。

扭头去看窗外,他从未见过如此美丽的风景,水田、林木、甘蔗林、远山、河流、农房、电线杆,无不散发着生活的气息。而他,本就是这大地上生机勃勃的一份子。

回归

他们口中的"新家",坐落在G省某二线城市远郊,离市区还有三四十公里,是一个热度远不如其他镇的小镇。那是一个类似四合院的院子,白墙红瓦,入院门上贴了一块牌,上面写着"红阳苑"。门前有一片空地,往外才是道路,往左大约300米外有小溪流过,后院沿着屋檐已经种下好几种南方特有的果树，如莲雾、龙眼、杨桃、芭蕉树等，从厨房的后门可以通达果树区，以及那片荒芜的菜地。中庭建了一座小园圃，种植花草。这里空气不错，有着浓浓的乡村气息。

　　自退休前萌生了组团养老的念头后，老人们便付诸行动，走访了几年，寻遍多地后，终于找到这里，并且一眼就相中。都说"念念不忘，必有回响"，这里像极了为他们量身定制的归宿。院子是平层，一侧各有6间房，一共就是12间房，可以作为双人间也可以作为单人间使用，都带有独立卫生间和小阳台，远处还错落着村民的楼房。院子设有公共的厨房、洗衣房、卫生间。靠近正门两侧，一侧设有一间护理室、工作人员休息室；另一侧设有一间活动室、储物室。基础设施都比较到位，也免去了爬楼梯的困扰。

　　据说，盘下这里的人最初也想将这里打造成一个养老社区。一个在当地出生、在国外待了十几年后回国的人，认真选址后盘下了这块地，并且和另一个合伙人打造了这个社区，原本计划是要做高端的小型养老社区。没想到，社区还未建成，两人便分道扬镳。不知是双方出了分歧，还是别的什么原因，总之，社区被搁置了很长时间。后来，为了资金回流，又挂牌把这里转让出去。总之，最后到容叔手上，已经过了很多手，剩下的部分工程是后来资金到位后，又经过了一定时间的报建和审批，最后才施工建好的。

　　容叔和几位老人一起办起了这家小型养老院，不为营利，只为自己能更便利、更安心地养老。因此，在改造这个小院的时候，也费了不少精力和心血，好在效果很不错。一些专业的事，交给专业的团队来运营和管理，他们只用提出需求就可以了。

在院子的东、南两个方向，不到一公里的地方，有一个农贸市场、一家卫生院。这是老人最关心的，有饭吃，能看病，心头的两块大石头就可以落地。这里交通也非常方便。周边的绿地很多。距离此处不到5公里，还有一个在建的旅游景区，据说叫乡村主题公园，目前主体工程已完工，大部分项目正处于收尾阶段。如果推进顺利，预计年内可以试运营，主要定位就是为城里人打造周末休闲好去处，带动当地的文化旅游经济和消费。可见，未来的这里会更大幅度向城市打开，让更多城里人共享它特有的乡村品质。这也证明了容叔他们选址的眼光独到。

容叔和几个老人去年才搬到这里，正式开启了"组团养老"的生涯。算起来，他们前前后后已经差不多经过了一年的磨合期。其间有人退出，也有人加入，最终形成了目前这样相对稳定的群体，除去外出旅游的容叔、魏老师、灿叔，留在红阳苑的还有4位老人，两男两女。从此前的情况来看，除了苏瑾的状态稍差一些，其他人都能自理，还可以参与到红阳苑的分工协作中，又有些共同的兴趣和话题，偶尔还组队出去旅游、散心，生活不至于太无趣。容叔是牵头创办红阳苑的人，但他总是强调"十二字方针"，即和而不同，相互搀扶，彼此自由。能在"自治"和"共治"状态中和平共处，互帮互助，又何尝不是老来所求的安宁？

如果再加上这次旅途中新加入的桃姨，那么一共就是8位老人。

快到傍晚7点，容叔一行人抵达红阳苑。夕阳正是最柔和的时候，大片红紫相间的晚霞打在外墙上，而后夕阳迅速下沉，隐入地平线。入夜了。

听到大门口有动静，2位在家的老人出来迎接容叔一行人。

容叔在点头应承之前，早已经在电话里和其他老人商量过，即将有3位年轻人和1位老人加入的事。

其中，韦老头明确表示不愿意，因为他觉得年轻人对老人有偏见，一直对年轻人有抗拒，很难有好感。其余老人并未提出明显的反对，也并未表示欢迎，基本保持观望态度。尽管容叔一再说，需要年轻力量加持，毕竟大家都老了。但他们心里也没底，不知道年轻人的加入会不会打破难得的平衡，毕竟年轻人的性格更加不可捉摸。

最后容叔也感到为难，他说自己也考虑过这些因素，但是和年轻人相处总体感觉是不错的，他愿意担保他们是好孩子，就冲着愿意搭手把他救了，就足以证明他们心性善良。再说，就当扶他们一把了，谁还没个难处呢。当老人们听说年轻人被房东赶出去，无家可归后，他们就心软了。是啊，谁没有难处呢，能帮就帮吧，况且，红阳苑的确还有好多间房子空置着。就是多几双碗筷的事，这个在他们承受范围内。而且，红阳苑的合同也到期了，正需要人手来管理和服务，年轻人愿意来不是更好吗。

最后，容叔说："行了，就这么定了。如果年轻人能做事，我们还要支付他们工资呢；如果他们只是暂时住在这里一段时间，哪怕什么都不做，他们的那部分费用，我来付。"话都说到这份上了，谁再阻拦就是不识趣了。

"大家好，欢迎欢迎。"一位中长锁骨微卷发型，穿着水墨印花棉麻连衣裙，从扮相上看是一名相对年轻的女士率先说话。她伸手去接魏老师的行李，被魏老师避让开了，他脸上有些尴尬，快步走进房间。女士倒无所谓，她举止衔接得十分自然，转身又走到桃姨的身边说:"欢迎你,新姐妹。"桃姨微笑点头。

"这位是国珍,珍姨。"容叔向大家介绍,"说起来,组团养老的想法还是她首先提出来的。大家都很合得来,都不要拘束哈。"

"这一位,是宝来叔,年轻时当过医生,后来转行了,虽然说我们红阳苑平时也有专业的医疗护理人员定期过来,不过我们小病小痛有他就够了。"容叔介绍另一位老人。

"珍姨好,宝来叔好。"年轻人齐刷刷问候两位老人,又逐一进行了自我介绍。

他们的房间已经安排好,珍姨带他们去。

"老韦呢?"容叔问。

"他回家去了。他儿子喊他回去帮忙带几天孙子,昨天刚走的。"宝来叔说。

"苏瑾身体还没好?"

"一直那样,没好到哪里去,也不怎么出门。"

最忙的是灿叔。他一回来,就马上放好东西,来不及歇息,就去厨房忙活了。那是他最熟悉的领域,他一出手,最后端上的一定是色香味俱全的菜肴,甚至毫不夸张地说,有些菜品可不比饭馆的差。他干过很长时间的餐饮业,是一名专业的厨师,绝对的"持证上岗",不容置疑。他是男性老人中最年轻的一位。

3盏太阳能灯把庭院照得很亮。珍姨带着大家走了一圈,介绍了房屋布局、各个单间的情况,还有公共空间的功能。

宝来叔和容叔都在厨房帮忙。他们正要把桌子搬出中庭,年轻人见状赶紧去帮忙,搬凳子的搬凳子,端菜的端菜,盛饭的盛饭,在大家的配合下,一桌菜很快就齐全了。

苏瑾不愿出门，珍姨给她端去一份饭菜，容叔也跟着去看了她，然后才回来。

夜空澄蓝，星辰可见。大家很快就上桌了。白天舟车劳顿，大家体力消耗过度，一碗清汤下肚，犹如及时雨。吃上几口热腾腾的饭菜，生活又有奔头了。你一言我一语，说着旅途中的趣事，偶尔又讲一讲红阳苑的故事，说到好笑的地方，大家就都笑了起来。安静的郊外，夜空之下，笑声在灯火中散开，传得很远很远。

老人散去休息，年轻人又重聚在一起。几天之前，3个人也是围坐在一起，那时百般挣扎仍深陷泥潭，低到尘埃里。几天之后，此刻的他们如此安宁并已重拾信心，手可摘星辰。

人生的际遇，是多么神奇啊。不是说像过山车那样起起伏伏，皆可预见。而是，人作为宇宙之微粒，随之转动，人生的种种，变幻莫测。有时，你甚至会发出疑问，这是我吗？这与我有关吗？我在哪里？我又是谁？千百年来，这样的自问从未停止。哪有什么答案可言，你的确身处其中，或者你目之所见，或者你身之所及，彼时你在这里，是这一个你。

短短的几天，他们的内心已经悄然复活，女孩们是点燃他们的火种，或者说，他们甘心自燃。这无法与谁言说，这注定是漫长的、未知的追逐。他们也认清了尚还停留在生活的苟且之中这个事实，老人们给了他们收容之所，当下，他们要尽力回报，力所能及，这是最基本的。他们已经开始商量，从哪些地方入手，给老人们最需要的帮助。与此同时，他们要重新规划，正值青壮年，岂可摆烂"躺平"，轻言放弃？是的，失败过，还失败过不止一次，那又如何，人生不过从头再来。

儒生是最坚定的一位。长久以来，他总是矛盾的一方，既

第二章
从陌生走向熟悉

想退缩，又不愿放弃前进，一直在与自己拉扯，好在总体是前进的。现在他能望见曙光了，虽然还不够确定，毕竟当今时代，变化之快、反转之大，但是只要坚持下去，又有什么不可能呢？

"兄弟们，只要方向是对的，就一定能收获我们想要的。我们一起干，就一定能火。"儒生展示了他那条视频，他说，"我们要抓住那个最核心的点，你们看，年轻人与老年人碰撞，是不是有很多爆点？观众显然对这个点是感兴趣的，我们要深挖。"儒生进一步分析了那些高评论、高点赞的点。

看到那条视频如此火爆，吴欢和李义惊讶之余，也不免心动了。现在中国的网民数以亿计，都在刷短视频，早前就是一波风口，暗藏许多红利，只是能抓住的人不多。海量的视频作品，更多是石沉大海。观众的筛选和判断能力也越来越强、眼光也越来越毒辣，如若视频的前几秒没有抓住观众的眼球，便很难存活。且还要善于变化，因为观众的审美不是一成不变的，套路久了，观众会腻。还在出租屋的时候，他们两人有时也会被儒生拉来做视频，但反响平平，也就不了了之。没想到这样一则主题如此平淡、没有噱头的视频，能获得这么大的关注，这的确出乎他们的意料。

"这也说明，观众没有那么难取悦，只要你的作品足够真诚。"儒生说，"我们这次来到红阳苑，我觉得是天助我们，红阳苑可以挖掘很多故事，此外，我们也可以找老人配合拍摄，创作更多的故事。你们说，对不对？"

吴欢、李义点点头，虽然他们更倾向于做实体。"如果干这个，能赚到我们创业的启动资金的话，不妨试试。"反正没什么事，他们愿意试一试。为什么不呢？只是可惜，作了那样的决定之后，因为各种事务，竟一直没有实现3个人共同参与。

磨合

在红阳苑的第一天、第二天，大家都很有默契。老人适度赖了床，年轻人适度起了早，大家都在休养生息，无风无浪，平静安宁地度过。

问题是从第三天开始暴露的。

作息时间的不一致。老年人习惯性早起活动，天微微亮，宝来叔已经在院子里打起了单人户外网球，"噼啪"清晰地响，他每天都要坚持打够200下。年轻人前一天睡得晚，迫切继续补眠，他们架不住这源源不断的"噪声"，把头蒙了起来，作用却非常微小。儒生甚至坐了起来，困意让他抓狂，只好抓了抓头发，抱头躺下去。

用餐时间也对不上。像往常一样，灿叔煮好了早餐，为了表示长者的热情，容叔想等年轻人一块吃。等久了，想去叫门又于心不忍，再等到日上三竿不见人，才招呼饿得不行的老人吃，那时面条已经泡发了。而年轻人起来后，已经到了中餐时间，那煮好的早餐又只能倒掉，由傍晚过来收潲水的人一块收走。那些经历过饥饿岁月的老年人看不惯这种浪费，但又不好开口，怕伤害孩子们的自尊心，但一天两天下来，内心也焦灼得不行。特别是宝来叔，看见年轻人也没有好脸色了。

关心的话题不匹配。晚上在一起吃饭，年轻人和老年人也聊不到一块。好不容易谈到同一个话题了，双方的观点又有分歧。比如，容叔特意说到睡眠这个问题，老年人坚持早睡早起，并说希望年轻人也能做到，说这样对身体最好；年轻人还是习惯晚睡晚起，因为他们睡得晚，再起得早的话人就没有精神，那就做什么都没劲。

生活习惯上也有偏差。天气一热,年轻人就喜欢光着膀子,他们忽略了院子里有女性在,比如珍姨,如果无意中看见了就会觉得尴尬。他们被撞见了,也觉得尴尬。

没几天,容叔就单独约谈了他们几个,表示他也是收集了大家的意见和看法:"我们是不是需要建立一个社区公约,大家都要遵守,这样对双方都好,你们觉得呢?"容叔逐一和他们谈了具体的想法,以及要求。

尽管容叔的态度非常平和,语气也非常友好,但年轻人的内心较为敏感,这正是容叔所担心的——他们觉得受到了管束,就会不舒服,就越有寄人篱下的感觉,比如在用餐这个问题上,李义说:"容叔,其实不用留我们的饭菜,我们吃泡面就行了,真的。"

"孩子们,你们说怄气话呢,我们这不是在商量怎样对大家最好吗?"容叔也很无奈,"有的老人之前不了解你们,我不希望他们对你们产生误解。"到最后,容叔说:"我也得提醒一下你们,你们之前答应的,没有做到哦。"

说到这个,他们的脸就齐刷刷地红了。的确,他们原来答应的事,根本就没有做到。并且他们自己在来了这里以后,暗下决心要做的事,也一样都没有做。他们只是从自己的需求出发,惰性使然,还是惯着自己的老毛病,放纵自己的坏习惯,完全是老人们在照顾他们的生活和情绪,他们没有任何付出。一提到这个,李义马上坐不住了,他们3个人连夜开了一个座谈会。

改变随之发生了。

年轻人主动扛起了后勤这面旗,他们在内部做了分工,这是他们商量好的。比如,外出采购食材、生活用品等,由李义去办；做饭方面，吴欢主动煮早餐，做菜时给灿叔打下手；儒生主要负责陪伴老人，随时关注他们的精神状态并记录，每天简单整理一下卫生，早晚巡一遍老人的情况。

他们对老人的运动和健康重新进行了规划，派人加入与灿叔一块运动的阵营中。同时，他们还扩大到全员运动，早上由吴欢带老人们做养生操，傍晚由李义带老人们打打拳。

容叔看到了他们的努力。他们的计划一出来，容叔就积极号召老人们配合执行，说是对健康好，和年轻人一块运动就能年轻10岁。珍姨本来是不想参加的，但架不住容叔的号召，就加入跳操的行列中，结果跳得太过，不小心扭到了腰，痛了好几天。这个意外插曲，使跳操暂停了，年轻人不得不连夜重新设计动作，探讨可行性，最终选出了几组动作。

这是一件考验毅力的事，无论对谁来说都是如此，好在是一个相互作用力的过程。年轻人都能坚持，老人们自然也坚持下来了。最开始老人们只是积极配合，后来变成主动参与，早早就换好衣服在庭中做热身运动，等待音响响起，年轻的带操员会带着他们踩节拍、踏步伐。儒生总是不忘为大家记录这些画面，此外，他还非常用心地抓拍了各个老人的一些生活瞬间。大家的生活变得整齐规律起来，运动明显给大家带来了活力，院子里多了一阵阵笑声，年轻人的脚下犹如踩了风火轮，做起事来带风带劲。除了苏瑾阿姨不太出门，年轻人安排的节目，其他老人基本都会参与，并且乐在其中。有些瞬间，时间静止在静好那一刻。

桃姨作为新加入的一员，她尽可能与大家打成一片。可能是因为南北方生活习惯的差异，这里的饭菜口味和她那边还是有很大不同，如今她的生活也与过去彻底不同，她在非常努力慢慢适应。只是，她的内心并不像表面看起来那么平静，她常常会盯着手机，可是没有任何动静——只有女儿，隔天会给她来个简短的电话。从旅行之日起，她已经离开家10多天，那人的电话一个都没有，问候也一句都没有。她下了多大的决心，才能重重锁上自己的心门！可是，锁有什么意义呢？别人根本连门都不来敲，也没有任何要进门的意思。她一直想逃离过去那样的生活，可如今真的逃离了，心又沉不下来。

在红阳苑待了一个多星期，生活平淡而自然，与以前完全不同。以前桃姨就是家庭妇女，她没有别的兴趣爱好，就是有也早就被泯灭了。现在，在红阳苑，她可以参与很多节目，跟着年轻人做做运动，看看电影，打打牌，但是都很难让自己真正静下来。她选择什么都不做。可是一闲下来，她就会东想西想，好不容易下定的决心，就会开始动摇。是啊，几十年的习惯哪能一下子就扭转过来。

一次，桃姨在环着院子散步时，发现了后院那块菜地，这让她心血来潮。听珍姨说，那块菜地是原来住在这里的一位老人去开荒的，后来那位老人被家人强行拽回去了，说这里离市区还是太远了，他们不放心。于是干脆多花些钱，把老人送到离家更近的市中心的养老院去了。

桃姨来得真是时候，那块菜地就要荒芜了，草长得老高，差不多有后院的围墙那样高了。她需要这块菜地，这块菜地也需要她。她找到那位老人留下的农具，重新化为耕耘者，开始在地里忙活起来。一忙起来，她就踏实多了，心里也不慌了。下地劳动，已经是很久远的事了，尽管一开始还有些笨拙、生疏，但慢慢地，那种劳作的熟悉感又回来了。毕竟，她从小就是与土地连在一起的。

吴欢一直在默默关注桃姨,他经常故意把最大、最好吃的肉块放在她面前;桃姨去开垦菜地的时候,他没有什么事也会跟着去。被红阳苑别的老人碰见,他就说,他计划跟随桃姨去种菜,以后就能自给自足,自家种菜自家吃,天然绿色无污染。

真正的理由,只有他自己知道。因为葛新,他答应过她会随时关注老人的状况,这样葛新问起来,他也有个交代。潜意识里,他也想着,与老人走得近一些,说不定还可以伺机打听葛新的故事和具体情况。此外,还因为那1万元,攥在他手里让他很不安,他知道老人是怕他想不开,当时才用这种方式相劝的。这份恩情,他感激在心,也一直想找机会返还,但老人没有给他开这个口的机会。

等桃姨接到丈夫的电话,她才真正变得平静下来。丈夫在电话里还是那样冷漠无情的腔调,怪她自私,就这样离开了家,又问她什么时候回,没有她,家里一团乱、没饭吃。又说,她白吃白喝这么多年,现在翅膀硬了……电话那头一堆抱怨、怒气。

听多了以后,桃姨的耳朵已经麻木了。"还有什么要说的吗?"最后,她平静地问。

"离婚!"电话那头被她的平静彻底激怒了,一个男人,声调却是那么尖。

他就是要恐吓她,他以为她不敢。他是知道的,这么多年她小心翼翼,最担心的不就是这个结果吗?停顿了几秒,她电话里回了一句:"好。"

一颗石头,沉入水底,短促干脆。最坏的结果,不过如此。也是最好的结果,无须畏惧。那一刻,她是真正的孤勇者啊。

就在大家逐渐步入正常的生活轨道之时,外来的祸还是被年轻人惹上了，很快就搅乱了红阳苑平静的生活。

为应对即将到来的秋冬季节，魏老师提前联系了一家家纺店，请他们加送几床被单和棉被到红阳苑。商家是当天下午两点多到的，他们的货车停在院子前的空地上，儒生他们去接应物资，等他们卸下来后，一并送到储物室。在卸货过程中，儒生听到了狗叫声，往车厢里一看，是一只阿拉斯加，品相极好。他顿时起了撸狗的心，想请商家放这只狗下来。

为了确保安全，儒生还再三问："这狗不咬人吧？"

商家说："平时挺温驯的。"

"那就好。"说完，他就进屋想拿相机出来拍几张照片。

听到了狗叫声，苏瑾阿姨，这位平时不怎么出门的老人，竟然下了床，出了门，往那条狗走去。谁都没有注意到这一幕。

意外就那样发生了。苏瑾阿姨还没走到狗面前，那条狗就径直冲向了她，并猝不及防地在她的腿上狠狠地咬了一口。

所有人都措手不及。商家马上扔下肩头上的棉被，冲过来拉住狗链。儒生也被吓傻了，他赶快找来院子里的宝来叔，吴欢马上拉苏瑾阿姨去冲肥皂水，宝来叔去卫生室找来碘伏，简单消毒过后，又马上送苏瑾阿姨去卫生所接种了狂犬疫苗。

那之后，苏瑾总会在夜里喊痛，哼哼唧唧。儒生一看，伤口已经鼓起了一个枣子大的脓肿，他赶紧找来宝来叔。宝来叔说："可能是咬她的狗牙带有细菌，感染了伤口。"不得已，他们又将苏瑾阿姨送去最近的医院急诊外科。接诊医生表示，必须切开伤口进行清创，将脓肿全部排净后再缝合，不然很容易引起脓毒症。换药4天后，苏瑾阿姨伤口的红肿才明显消退，医生给伤口缝了12针，又过了几天，伤口才基本愈合。

儒生知道自己犯了大错，他更怕事情不可收拾，产生不可逆的后果，因此，他不住地给苏瑾阿姨道歉，并时刻关注老人的情况。不过，苏瑾倒不在意这些，她对被狗咬伤这件事没有什么概念，只是觉得腿疼。同时，儒生也时刻关注那只咬了人的狗的动态，生怕那只狗死掉。他查阅到有关资料，如果狗没事，就证明没有携带病毒。他惶恐不安、心神不定，直到确定没事以后他才定了魂。

儒生非常自责，总想着如果不是他，那条狗就不会被放下来，也不会咬到老人，他成了红阳苑的罪人。连着几天，他见到每一位老人的第一句话都是："对不起！"老人们就会连连摇头，叹气。

最生气的是珍姨："儒生啊，你这个年轻仔，怎么这么不小心呢，院子里都是老人，怎么能随便放狗进来，要是真出了什么事，你说，你怎么办？我们该怎么办？"她说的是实话。苏瑾是她带过来养老的，如果真发生了什么事，她这辈子都会内疚的。珍姨一着急，就忍不住说了儒生几句。说完以后，珍姨又觉得自己对儒生说的话太重了。

好在，到最后，这个事情总算有惊无险地过去了，苏瑾阿姨的伤口愈合了，商家也答应给了一部分赔偿。苏瑾的身体没有大问题，唯一的后遗症——精神却发生了较大的变化，因为一条狗。

寻狗

以儒生为代表，所有的年轻人都变得小心翼翼。尽管那件事过去后，老人们严肃地讲了一次，后来也没有再指责他们，只是强调了要更加注意老人的安全，这已经是老人们最大的宽容了。说实话，谁都怕那样的事发生在自己身上，并且因狂犬病去世的例子也不少，不怕一万，就怕万一。对于外来的人，年轻人也变得格外警惕，生怕再出什么幺蛾子。

儒生给自己下了一个任务。一对一照顾苏瑾阿姨，随时关注她的状态、倾听她的诉求。在那之前，他对所有老人都是一视同仁的，但也有点蜻蜓点水，了解不深。这一次他必须得有所倾斜，来弥补他的过错和歉意。他找来宝来叔，仔细询问具体的情况。

根据他的观察，从他们进入红阳苑后的一周内，苏瑾阿姨都没有出过门，她的胃口不好，饭量很小，睡也睡不好，面颊消瘦。珍姨、容叔、宝来叔这几个人偶尔会去房间看她。

儒生每次看苏瑾阿姨的时候，都听到她说："我觉得我快要死了。"这是一句陈述句。有时又会说另一句："我快要死了，是不是？"这是一句疑问句。儒生就问她哪里不舒服，她又说不出一个具体的问题来，只说："哪里都不舒服。"为此，儒生也找过宝来叔，宝来叔告诉他，在检查中没发现苏瑾有特别异常的指标。定点医院派专业的医护人员过来时，宝来叔也专门问起了这个情况，医生说："她这个情况，是神经衰弱，估计是有心病。"

"苏瑾阿姨平时不太出门的呀，为什么那天她会因为一条狗而出门呢？"儒生还是没忍住提出了心中的疑惑。

"医生说她神经衰弱，有心病，我个人感觉，可能她的心病和一条狗有关。"宝来叔说，"具体我也不清楚。你得问问她表妹，也就是国珍，你珍姨。"

说到珍姨，儒生用自己超强的观察能力，只在一周多时间内就基本认定了一个事实，那就是珍姨对魏老师是有意思的。后来他也得到了认证，珍姨因魏老师而来到了这里，但是魏老师没有回应她的热情。这让她很沮丧，当然，这应该是持续了较长时间的状态，两人就是这样，你进，我退，你再进，我再退。一个坚决不死心，一个坚决不动心。尽管两人还是保持了基本的礼貌和关心，但一旦触及那层意思，空气就会变得凝滞，难以化开。难解的结。

珍姨还比较年轻，爱美，也爱打扮，身上还很有活力，她的气色也比同龄的很多人都要好一些。为了分散那个毫无反应的榆木脑袋的魏老师给她带来的烦恼，她甚至已经开始和附近的女人结伴跳起广场舞来了。她不参与晚上的练拳活动，晚饭后会外出一两个小时，去不远处学校球场边的空地跳舞，她成了领舞的老大姐，音响也是她出钱购置的。从住处到球场边的空地要走上一小段路，珍姨怕孤单，大多数时候，她会拽上桃姨和她一起，一路上有话聊。在天彻底黑前返回院子。

苏瑾是珍姨后来带过来的。珍姨每个月要回老家几天，3个月前的一天，她从老家回来的同时，也把这个叫苏瑾的老人带来了，说是她的远房表姐，一个人在家太可怜。珍姨的表姑，也就是苏瑾的母亲，生前委托珍姨照顾好苏瑾。珍姨只好把苏瑾带过来。珍姨会把苏瑾那份钱一块出了，自己也有个伴，而不是整天和一群老头混在一起。大家就都同意了。她总是摆在明面上说，她之所以提出组团养老，之所以要过来一块住，全是有目的的，这一点大家都知道，怎奈有的人就是无动于衷，而珍姨也完全拿他没办法。可是她就是控制不住，她的情感，她的情愫，如燎原之势，全倾注在那个人身上，这在她看见他的第一眼，就注定了。

苏瑾阿姨过来住后，大部分时间都是自己待着，不太和其他人说话，相对孤僻。除了珍姨、宝来叔、容叔，她不与其他人来往。大部分时候，饭菜也是珍姨送去房间的。

儒生找到珍姨，问她："要不要送苏瑾阿姨去医院？"

珍姨正在整理一件新买的舞裙，她连头都没抬起来，问他："她哪里又不舒服了？"

"她说哪里都不舒服。"

"那不用。"

"可是，她的状态很不好。"儒生又加了一句，"她总是说，她快要死了。"

珍姨说："她说了一万次了。"

"可是……"儒生不知道怎么说。他又问："珍姨，您知道，苏瑾阿姨为什么那天会出门吗？我是说，她怎么会朝一只狗走去？"

"这我哪知道。"珍姨说，"其实我对她的情况知道得很少。"她放下舞裙，思绪回到了很久以前。"你不会相信的。不只是我，就连她的母亲，对她的情况也知道得很少。"

这主要与苏瑾的身世有关。苏瑾在很小的时候就被人抱养了，表姑后来越老就越挂记这个女儿，多次托国珍帮她一起找，苦寻多年，终于在生前寻到她的消息。将这个叫苏瑾的认作女儿，但她看起来并未比作为母亲的表姑年轻多少，谁都不知道她经过多少风霜雨雪，她一个人生活，以一人之躯抵挡着生活的鞭打。好不容易被母亲寻见，却连一面都还未来得及见上，这个缺位已久的母亲又在不到半个月的时间去世了。

一个人的内心大概有一扇非常坚硬的铁门，才能将一切痛苦和残酷的真相抵挡在门外。

"她是个非常可怜的人，我见不得我的姐妹这样艰难地存活于世，尽管只是名义上的姐妹。"珍姨说。

为了回报表姑以前对自己有过一段养育之恩，也为了践行对表姑的承诺，珍姨还是去了一趟外地，打算去见一见这个从未谋面的表姐。在四处打听，最终了解到苏瑾的经历后，珍姨决定将苏瑾带在身边。人道主义之火将她点燃，最主要的是，她不缺养老钱，否则她也有心无力。据珍姨了解，苏瑾阿姨本来有个独生子，却在即将满18岁的前一天游泳溺亡了，而她的丈夫，也在一年后葬身火海。无论与水，或是与火，都不相容。当然，这些事情苏瑾阿姨绝口不提，也从来没有和任何人说过，她似乎自动忘记了他们。

儒生心想，很明显苏瑾阿姨的内心已经封闭了这一段记忆。

有时候，遗忘也是一剂药。遗忘就是人的大脑自动启动了自我保护机制。假如连遗忘的资格都没有，人们该如何熬过那些痛苦煎熬的岁月。

这让儒生对苏瑾阿姨产生了极强的怜悯之心。他难以想象，那些苦难发生在人们身上的时候，竟是以那样轻飘飘的稻草一般的姿态，随便一根就能将人压垮，人需以千斤之韧性与之对抗，亦难再全身而退。

在被狗咬后，苏瑾阿姨现在常挂在嘴边的话变成了"你知不知道，我的果果去哪了"？

儒生就问她："阿姨，果果是谁呀？"

他原来以为"果果"是一个人。

苏瑾变得越来越依赖儒生了，可能是因为儒生的陪伴渐多，也能满足她所提出的要求。比如，"把这个灯转到那边去""做一个篮球蛋糕"等等，儒生都做到了。看来，苏瑾已经把他当成了自己的"好朋友"，她对年龄啊、关系啊……这些没有非常明确的概念。以前听人说她脑子有些不太正常，他还半信半疑。

第二章
从陌生走向熟悉

　　一个晚上，苏瑾阿姨即将躺下时，悄悄地做了一个"嘘"的动作，她说："我和你说，你不要告诉别人，果果是一条狗，很厉害的。"

　　儒生就凑近了些，还特意压低声音，像讲小秘密那样："怎么厉害了？"

　　"它会打报警电话哦。"

　　"这么厉害。"

　　"如果我用手掌切向我的脖子，再指一根手指，它就会打110。"苏瑾阿姨笑了一声，"厉害吧。就像这样。"她用左手示范了一下。

　　"太厉害了。我还是第一次听说。"

　　"如果我躺在地上，指着脑袋，浑身抽疼的样子，指两根手指，它就会打120。"

　　"果果不是一条普通的狗，它很厉害。"儒生忍不住竖起大拇指。他早就听说狗狗通人性，假如配合主人经过多年的训练，他相信狗是能在听到指令或者是看到预警后快速作出反应的。因此，苏瑾阿姨说的话他信，只是他感到非常诧异，还是第一次从身边人口中听到这样的故事。

　　"天啊，这是真的吗？"吴欢、李义在听到这个关于"果果"的事后，第一时间提出疑问。他们更觉得不可思议的是："你要寻狗？可是你并不知道果果长什么样啊。假如是真的话。"

　　大海捞针又何惧。尽管珍姨说，从未听说过这样的事。儒生还是顺着苏瑾阿姨的线索，在网上找了他们当地过去十年间的新闻，但是并未找到任何与果果那样的狗狗有关的社会新闻。他垂头丧气，后来，李义提到一句："能不能在网上发布一则寻狗启事呢？"

儒生决定试一试。他马上整理文案，很快在网上发布了一则"寻找果果——一条会报警的狗狗"的视频。

那之后，他的电话就没停过。许多网友都被果果的故事感动了，好多人在电话里哭着对他说，愿意把家里的狗狗送过来陪伴老人，还有人表示愿意马上找人训练一条这样的狗狗，又问他具体的特征。说实话，果果的具体特征，他也不知道，所以他的视频里，也没有放果果的照片，而他也没有。他就是想赌一赌，万一有人刚好知道呢。要是有别的办法，他就不会这样找了。在电话里说找到了这条狗狗的人也不少，可仔细一问，对方说狗狗还不到半岁、一岁、两岁。

这样找的确不是办法。开弓没有回头箭，他的电话依然响个不停，可似乎离结果越来越远。有人仔细打听更多的细节，以满足好奇心。还有人索要地址，想来拜访老人或者是和他见面聊。还有人想拍成电影。越来越离谱。

直到他接到雪妍的电话，说她一直在关注他们的动态，看到了他发布的视频，又说："你有没有想过，万一狗狗已经不在了呢？"

这个问题，他不是没想过，而是不敢想。雪妍说："这是大概率的。狗狗的寿命没那么长。老人可能是接受不了，所以才会认为狗狗不见了。"

"那怎么办？"儒生不知道该怎么收场。

"要不，试着找另一条狗狗作为果果的替身，看看她的反应？但也可能，会刺激到她。"雪妍说，"太冒险了。其实我也不懂。我只是想提醒一下你，有这个可能性而已。"

儒生找到宝来叔，宝来叔的顾虑和雪妍的一样。好在，苏瑾阿姨不知道儒生在帮她找狗这件事。

好在，后来一段时间里，儒生将苏瑾阿姨的注意力转到别的事情上去了，她问起果果的事时，儒生就突然冒出一句："果果走在前头去帮我们探路了。"这句话一出，他自己都被吓到，似乎嘴被借用了一样。

自那以后，苏瑾阿姨不找她的果果了，寻狗一事才暂时作罢。

这件事没有办成，儒生心里非常沮丧，但他也不得不认清这个事实。除非果果能复活。

如果福祸相依用在此处，那就是，在儒生的陪伴下，苏瑾阿姨的气色有了一些好转，偶尔，她也能在儒生的陪伴下，出门转上一圈了。这些转变，老人们都看在眼里，也就彻底原谅了"狗咬人"那件事了。

渐渐地，苏瑾阿姨似乎能专注到眼前的事情上来了。只是有一次，他们正在一起做手工的时候，苏瑾阿姨第一次叫了儒生的名字，可是，她叫错了，把他叫成了"果果"。

儒生一愣，过了一会儿，还是轻轻地回应了她一声："哎。"

他不会知道，果果，也是苏瑾阿姨儿子的小名。

风波

渐渐秋来，清爽的空气中带了丝丝凉意。如果红阳苑一直这么平静祥和就好了，可是某种暗流注定在涌动。

灿叔一定是遇到什么问题了。吴欢发现，灿叔做菜越来越心不在焉。明明放过盐了，还要继续放；说是要做藕片炒肉，却把青菜放下去；已经在高压锅煮了一锅骨头汤，还以为没煮，要再煮一盆芥菜碎肉汤。

"灿叔，您没事吧？"吴欢接过锅铲说，"老弟也跟了您那么久。接下来就让我来掌厨,您休息休息。"

灿叔的眼神明显在躲闪。看他的神态,一定是发生了什么事。除了做菜容易出差错,他现在也不去活动室和魏老师他们下棋了。从旅行回来到现在,他待在自己房间的时间越来越长,也越来越沉迷于手机,似乎有聊不完的天。

容叔呢,上次旅行也给他留下了后遗症,他的身体越来越不得劲了。好在,都不是什么大问题,只是更容易疲劳。他年轻时就下过南洋,产业做得很大,虽然现在已经退休了,但是并未彻底从公务中解脱出来。如果有棘手的事,非得他出手不可,他还会离开红阳苑一两天。魏老师和他一样,有时会接到公益课程的邀约,就要备课、讲课。这些都考验体力、耗费精力,不过他们是见过风浪的人,都能从容不迫地处理。在回到红阳苑不到一个月的时间里,容叔已经外出两次,魏老师外出了一次,李义或者吴欢,会有一个人陪在他们身边,帮买票,全程照顾他们。这是他们主动做的,总比待在院子里什么都不干要强,老人们甚至有意带上他们。这个过程,他们也学习到许多,认识了一些人。

难得一次人比较齐。容叔也发现了灿叔的异样,在饭桌上,他问:"老灿,出了什么事?"

灿叔只是说:"没事。"又说:"能有什么事?"他不过是骗大家,也骗自己,连他最爱吃的红烧肉,夹到碗里,怎么都夹不动,放进嘴里,怎么都咽不下去。

"是不是上次那个红头发的女人,那个叫什么?"魏老师说。

灿叔打断了他。"不是,都说了不是。"他变得暴躁起来。

"哦?有什么艳遇?"珍姨也当起了"吃瓜群众"。

"别乱说,本来我们是想在一起的。那不是异地吗,她说不合适。"灿叔被追问得没了办法，就这样解释，最后干脆提前离了席。离席前，他回头说了一句："我打算去找她。"

灿叔决定要出门一趟。他悄悄找到吴欢，犹豫了一会儿，还是开了口："你，能不能借我一笔钱？"

这让吴欢感到为难，他身上没有多余的钱，老人肯定不会料到他竟然穷到这个地步，"身无分文"这样的词就是形容他的。

老人从他的表情中大概猜测到了几分，他补充说："不多，够我路费就行，我可以带点干粮去，找个公共场所落脚就好。"

"呃……"吴欢说，"我的力量比较有限。"

老人说："1000元，有吗？我实在是不想找其他人，只好找你了。不出去这一趟，我真的活不下去了——"老人的话里已经带了哭腔。

吴欢想到那1万元，他原本不想动用，因为是要退还给桃姨的。他说："行，我手上的也是借别人的钱，灿叔急，我就先拿给您。"吴欢拿出了3000元。"还是要找东西吃、找地方安顿，身体第一，其他都是次要的。"

按照红阳苑的管理规定，9月最后一周，就要预交下个季度的"红粮"了。所谓"红粮"，就是养老费，收齐后会统一转到公共账户去，用于支付红阳苑的日常运营费用和各项开销。每个人结合实际，比如餐费次数等项目进行结算。付出相应劳动者会收到相应报酬，比如灿叔，他自己要出一笔养老费，也会得到一笔作为厨师的收入。之前是魏老师负责红阳苑的财务管理和账务公开，现在他可以把这项工作逐渐转交给吴欢了，正好吴欢也有财务管理的相关资质。

按之前的约定，3位年轻人提供后勤服务，用以抵消食宿费用。看到老人们交"红粮"这个做法,他们不出一些,又觉得心里过意不去,但现阶段实在没办法。他们不知道的是,容叔早就替他们悄悄交上了,还打算按照他们的劳动支付工资给他们呢。

灿叔还没交上这笔"红粮",就要出去了。不过,按他的收入来看,基本上是可以相抵的。他请魏老师就从账面上这么操作,不必再经过他了。临行之前,容叔找到了他。

"老灿,是不是出了什么事?"容叔说,"别瞒我。"

"我现在还不想说,等我出去一趟,回来再把具体情况和你说,好吗?"

容叔不好再强求,为了预防他出什么事,暗地里派了吴欢跟去。

桃姨现在一忙起来,整个人都神采奕奕的。她托吴欢去买的菜籽,现在已经长了出来,一些嫩苗已经可以摘来吃了,清甜可口。她还种了芥菜、萝卜等好几种蔬菜。灿叔出门以后,桃姨主动接过饭勺,儒生或者李义,有时会跟在一旁帮忙。不过,桃姨的手艺好得很,从这一步,到那一步,放这个料、那个料,放多放少,做什么菜,用什么火候,都很有讲究。她一副胸有成竹的模样,像是已经在这个领域摸爬滚打了许多年。

儒生帮她录了视频,还说:"桃姨,原来您才是隐藏的大神级别的大厨啊,简称'桃厨神',要不你开个号吧,我帮你拍视频。肯定火。"

桃姨就笑了:"哪有什么神,做多了罢了。以前,我做菜的时候,还被家人嫌弃,这不好吃,那不好吃,可挑剔的一主。"说到这个,她会打住。让她不开心的人、不愉快的往事何必再提。

第二章
从陌生走向熟悉

离开红阳苑差不多20天，老人们口中的"韦老头"才回来。按理说，孙子上学了，韦老头就能解放了，早就该回来了。再者，身体一解放，心情应该是愉悦的。可他一点儿轻松的样子都没有，而是带着沉重的心事回来，瘦削之后的颧骨更显得尖锐。

韦老头是红阳苑里年纪最大的老人，70岁了，但身子骨还很健朗。他和苏瑾一样，都是后来才加入的，也才待了几个月。相比那个他真正的"家"，他更愿意称红阳苑为自己的"家"。如果不必要，他不会离开这么多天而不归。容叔委托魏老师给他打过电话，他只说在老家有事，又说"不便说具体是什么事"。

老人们如果恰好关注到网络上的那些所谓的爆点、热点，也许就能知道具体是什么事。但，那样的热点每天都太多太多，且更新太快了，老人们没有这么多精力——他们虽然已经开始用上了智能手机，却不太关注那些。而年轻人呢，又还不认识韦老头，自然是没办法精准匹配到有效的关注。

"魏老师，我摊上事了。"韦老头一回来，就径直走进魏老师的房间。以前，他有什么话都喜欢和魏老师说，很多年前在一个讲座现场，他认识了魏老师，然后也是通过魏老师才知道了红阳苑这个地方。后来他下定决心来了这里。

"别慌。"魏老师给他端上一杯刚泡的普洱茶，"喝一口，顺顺气儿。"

儒生看了一眼韦老头的面容，似乎觉得眼熟，一下子也没想起在哪里见过。他的感觉是对的。韦老头已经是一个"网络红人"了。只是红阳苑的人们无暇关注，准确地说是没有及时关注到。大部分在网络传播的视频，都给韦老头的脸打了马赛克，但偶尔也有没打马赛克的视频流出，这样大部分的打马赛克的视频也就流于形式了，韦老头的脸还是暴露在大众视野之中。韦老头喜欢的摄影，却给他带来了麻烦。

外出的灿叔，去到红发女人说过的那座M城，却根本没有找到红发女人所说的那个地址，问了很多人，都说"根本没有这样的地方"。他早就料到了这样的结果，只是他不死心罢了。现在，他心如死灰。他漫无目的地在M城的街头走着，走到十字路口，他望着车来车往，走上了斑马线，直到绿灯还有几秒就变红，他还未走完，他的脚步突然停下来，跟在身后的吴欢见状不对，赶紧把他拽到了对面。车子开始鸣笛。灿叔瘫倒在地。

"我死了算了！身上所有的养老钱，都没了！"灿叔仰天大哭，他已经没有了往日的期待。

正如大家所猜测的那样，灿叔被那个叫丹丹的红发女人骗了，他前后分了十几笔，把钱全部转给了她。尽管在B县的时候，大家就提醒过他，千万别被她骗了。可他还是被骗了，而且还是他心甘情愿的。

"开始转得少，她说要给我寄保健品，一直没见寄，这就算了，不值几个钱。后来一听她说要嫁给我，我就没忍住。"灿叔说，"她还说会来找我的。现在看来，都是骗人的。"

灿叔掉入了诈骗的陷阱。对方钱财一到手，就立即把他拉黑了。留的电话，拨过去都是空号。

"辛苦了一辈子，就这样被别人骗光了。"灿叔捶胸顿足，"也怪我，一把年纪了，还惦念着那点事。"

吴欢不知道该说什么，只好默默陪伴在旁。

灿叔说："你快回去吧。我想一个人静静，这老脸也不知该

第二章
从陌生走向熟悉

往哪搁，唉。"他真想了结这件事："有时候想想，人生真的很不公平。得到要经过千辛万苦，失去却只是一念之间。"

吴欢有感于这句话，他想到自己，眼眶已经湿润了，同是天涯落魄人，都能感受到那样的苦涩。

"真的，我一想到就觉得快要活不下去了。"灿叔说，"37万呐。"

吴欢拍了拍他的肩膀，他说得很轻很轻："说出来不怕您笑话，我就是个百万'负'翁，负数的负，身上背了100多万的债。"

所有的话都落到了酒里，入口皆苦。容叔交给吴欢的任务，就是把灿叔安全带回红阳苑。吴欢做到了。与此同时，他生生戳开了自己的伤疤，痛了很久，还将更久。

在韦老头回来两天以后，就有好几个人，在红阳苑门口张望，有人还跑到两侧去看阳台和窗户。有人甚至架起了直播设备。"这里啊，就是公交偷拍事件主人公韦某某的藏身之所了，我们来看看，这个门牌啊。"镜头凑近，那个人却故意念成了"怡红院"，"一看就不是什么好地方"。来的人渐渐多了，尖嘴猴腮的有，冠冕堂皇的也有，空有一副皮囊，狗嘴里吐不出象牙。

李义刚推门而出，他们就蜂拥而至。按照惯例，李义每天早上都会骑电车去市场采购，确保大家吃的食材都很新鲜，缺什么也都能及时补上。这阵仗可把李义吓到了。从他来到红阳苑以后，从未有过这样夸张的阵势。他不知道发生了什么事，没有人告诉过他。

"怎么回事？"他大声呵斥，"你们这样擅闯养老院，还偷拍，是违法的，我马上就报警。"李义迅速掏出手机，马上拨了报警电话。

吴欢闻声而来,将一群人逐出门。吴欢手里还拿着锄头,那是桃姨现在在用的农具。

那些人一边退,一边录,似乎画面越热闹,就越有关注度。他们所谓的"关注阴暗"本身,不过是暴露了他们肮脏的心理罢了。

儒生明白过来了,他们口中的"偷拍者"是指刚回来的韦老头。那个视频他看过,网上传得很火,是讲一个女子在网络上举报老人偷拍她,后来还流传出一段,女子要检查老人的手机,被拒绝了。女子气不过,要在网络上曝光老人,还带了一个话题,"坏人变老了",网上舆论发酵得很厉害,沸沸扬扬。整个事件大致就是这样,只是儒生没料到这个老人会与红阳苑有关。眼前这群人,像苍蝇一样叮在别人的伤口上,他真瞧不起他们。他们满嘴要揭露"阴暗",而他们的行为本身就是在侵犯别人的隐私,为什么不自我检举,把镜头转向自己拍一拍那丑相呢?

韦老头不敢出门,他把窗帘拉得很紧,实际上,他就躲在窗边,透过隐约的缝隙,关注着外边的一举一动。他知道这是冲着他来的。他不是缩头乌龟,他真想站出来,解释清楚事情的真相啊。可是魏老师已经严令禁止他再出现在公众面前了。这是他们唯一的对策。魏老师是知道网络暴力的威力的,重的话可致人死亡,他已经看过太多新闻。

"追到了老家,老家也待不下去了,现在又追到这里。"韦老头因为被"人肉"了,他已经彻底暴露。韦老头气得直跺脚,他痛恨这些人,在心里暗暗咒骂他们。

"所有人,都给老子滚出去。"李义也不是好欺负的,他练过拳，会武术，根本不怕那些网络狂徒。"警察已经在来的路上了。"

"让警察来得更快一些吧，最好把坏老头带回去。"那群人还是没有丝毫怕的意思，似乎他们才是正义的一方，他们才是站在道德制高点上，他们才有宣判的资格。

容叔这时也走了出来。还在房间的时候，他先是给当地的派出所打了电话，请他们尽快派人到现场维护秩序。他现在出来，是要进一步了解清楚情况，还得尽快跟主管部门进行紧急报备。

他知道，一场大雨要落下来了，假如来自民间的舆论的"审判"要强势展开，无论他说什么也阻止不了。不过他还是要说："我是这里的负责人，你们这样大闹养老院，是不是很不妥？如果的确有需要，可以派代表与我沟通。"

现场的吵闹声降了些，但还不够。

容叔又说："请不要在此地闹事，否则，治安管理处罚免不了，不论什么法律后果，你们都是要自负的。"也许是容叔那稳重而肃穆的面容，也许是那有分量的话语，一时间，人群中的潮水有些消退，但一波刚退下去，又一波向前，节奏不太固定地拍打着海岸。

就这样，红阳苑以及红阳苑的人们，陷入了风波之中。

重聚

"你要来我们这里？"接到尹月的语音电话，李义喜出望外。很快，他平静下来："还是别来了，别挑这个时候来，等过了这阵风头吧。可别把你也陷进去了。"他虽然也想见到尹月，但他懂得怜香惜玉。快一个月了，他一直在忙红阳苑的事，以及专注自己的事业，他和吴欢已经着手调研，并且在洽谈乡村主题公园的项目，逐步厘清思路，准备着手做项目策划书了。

偏偏赶上了这场风波。李义粗暴的话，也被有心之人放到网上，有网友评论："查查他，什么背景，说话口气这么拽，吞得下一头牛。"这些评论看得他头很痛，谣言满天飞。好在，也有网友劝要理性看待："本来擅闯养老院就不对，人家霸气怎么着。"好歹还是有明事理的。查就查，他不怕，他行得正坐得端，没做亏心事，怕什么查。就像他的名字一样，正义在他这一方。

韦老头坚持说，自己没有做过那样的事，他当时只是在拍蝴蝶。大家都信任他。调查组已经介入，相信不久就会水落石出。

最令容叔头疼的，是这件事背后的连锁反应。因为一场突来的闹事而引发的舆论在发酵，上级主管部门关注到红阳苑养老院，第一时间成立了应急处置小组，从早到晚，容叔的电话就没停过。上级主管部门还撂下了话，如果这个事情处理不好，他们恐怕要暂停运营了，毕竟人身安全要摆在第一位。

"放心，我们一定配合调查，一定处理好。老人不会有事。"容叔说话比平时降了三个音调。如果真要到暂停运营的地步，他不知道该怎样和大家交代。于是，他又急着找熟人和相关部门沟通，确认没有太大问题后，他才得以喘息。

电话里，尹月说："我们就是为这个而去的。我们就是看不惯，一个弱势的群体，要被狂流吞没。票都买好了，我和雪妍一块去，明天正好是周末，她有空。我们又都在G省，离得不远。"

说到尹月，这是一个古灵精怪的姑娘。她原来和容叔说她没有工作，想过来红阳苑也是真话。可惜那时还不是时候。她有她自己的计划还未完成。

大家最先等来的，却是桃姨的丈夫。他劈头盖脸就是一顿骂："跟我回去，别在这丢人现眼。"

"我怎么就丢人现眼了？"桃姨理直气壮，不再是以前那个唯唯诺诺的弱女子。

"我都在网络上的视频里看到你了。和那样的人住在一块，不是丢人现眼是什么？"

"我们这里住了十几个人。有老师、企业家、医生，还有年轻人、创业者，你怎么不说？"桃姨依旧在反驳他，"再说，你不了解事情的真相，你凭什么就认定人家不是好人？"

那男人显然没有料到，桃姨的口才变得这么好，这么会反驳人了，和从前的她相比早已判若两人。

"我管不了那么多，管你就够了。跟我回去。"他始终没有放弃。

"回去干吗？"桃姨说，"我不回。"

"你是不是看上别的男人了？"

"不关你的事。"

"那要怎样才回？"

"回去马上离婚。"

"我不同意。"

"这是你先提出来的。"

"我现在不同意了。看你把我糟蹋成什么样了？"他装出一副可怜兮兮的样子。

男人没有答应离婚，还让她再冷静冷静，想清楚了赶紧回家过日子。他气鼓鼓地来，又气鼓鼓地走了，连一口水都没喝，全程臭着脸。

这一波对话，行云流水，酣畅淋漓，把大家都看蒙了。以前一直沉默寡言的桃姨，没想到现在这么伶牙俐齿。很明显，男人作出了让步，桃姨取得了这场对话的胜利。

特别是珍姨，她说："原本我还挺期待婚姻的，你这，这，这让我直打退堂鼓啊。"

"都是一地鸡毛。"桃姨说，"以前我天天逼我女儿去相亲，我现在后悔死了。幸好她还好好的，要是像我这样就全毁了。现在我再也不逼她了。真的，国珍，你就这样挺好，逍遥快活。"

"我反正也没打算结婚，我追求老魏，就是单纯喜欢他。两个人要是真能在一块，结不结婚无所谓。"珍姨望向魏老师，满眼的爱意。

"不过，也不能一棍子打死。有的男人还是比较靠谱的，比如魏老师这样的。"一讲到魏老师，桃姨赶紧补充道。

"怎么又扯到我身上了。"魏老师在门口，是为了等雪妍和尹月。两个女孩，他都有很深的印象，特别是雪妍。不料却先见到了这一幕。

李义开车去车站接两个女孩。左等右等，出站口的旅客出了一茬又一茬，还是没看到两个女孩，李义还以为晚点了，一看屏幕，显示车次是正点的。他赶紧打电话给尹月。

尹月告诉他，她们有点事，耽误了，没赶上那班车次。李义没有怪她。好在下一班次，只隔了两个小时，还不算太久，他干脆等着。同时，他给红阳苑打回电话，说车子晚点了，要晚两个多小时才回。这样红阳苑的老人们不至于等得太焦急。

听到姑娘们要来，老人们很高兴。容叔也不去想那些烦心事了,他现在也只能保持与各方的联系,加快调查进度,平息红阳苑的风波。而老人的情绪他也不得不关注,为了让灿叔打起精神来,容叔就催促他去厨房做几个拿手好菜,安排儒生打扫庭院卫生,又叫吴欢去收拾房间。

丈夫的空降,让桃姨感到意外,可是他也太欺负人了,永远是那副咄咄逼人的样子。以前她从不敢怼他,今天她敢了。回到房间,她趴在床上大哭了一场,酣畅淋漓。女儿后来告诉她,她做得对,"不在沉默中爆发,就在沉默中灭亡"。慢慢平息下来后,她又默默整理好自己的情绪,重新洗了一把脸,拎了菜篮子出门,到后院摘菜去了。

女孩们的到来,是红阳苑近期唯一的喜事。但大家又无法真正地开心起来,似乎心中的石头没有落地,就很难喘得过气来。

这阵子,苏瑾阿姨被狗咬,灿叔被骗钱,红阳苑因韦老头偷拍事件而被曝光——红阳苑陷入某种低气压之中。容叔为红阳苑的处境感到隐隐的不安。他们只想平静地度过晚年生活,不想卷入太多尘世的喧嚣,所以才选了这么一个地方生活。可是现在由不得他们自己选择,他们被舆论这根看不见的绳子牵引着,在这之前,他们从来没有这么直接地与网络这波"滚滚洪流"对峙过,根本不知道它的威力。如今看来,似乎网络的尽头是深不见底的唾沫池,足以将人浇得喘不过气来。

自从被追踪到红阳苑并被再次曝光后,韦老头更不愿意出门了。刺眼的日光和闪光灯一样,让他感到烦躁,他突然讨厌起光来。白天,他把房门都锁上了,拉上窗帘。容叔、魏老师、宝来叔、灿叔,挨个去请他,他都不肯出门。前天有调查组来请他去问询,他才出了门,无精打采、双目无神,去了半天,回来后整个人更颓了。李义全程陪着,但韦老头没和他说一句话。

容叔最担心的事还是发生了,红阳苑陷入一阵慌乱之中。

儒生在送饭时,敲韦老头的门,没有回应,他反复叫了几声,心里觉得不妙,就去拿备用钥匙来开门,里面却反锁了。儒生反应迅速,他立即从隔壁魏老师的阳台,爬到韦老头的阳台,然后进入房间。只见房间地面流了一些血,韦老头蜷缩在床头,他手臂的血还在流着,肩头哆嗦,嘴唇发白,血色渐无。儒生赶紧叫宝来叔给他包扎,同时拨打120急救电话。

女孩们先于救护车到来,就赶上了这慌乱时刻。"我们还是来晚了一步。"尹月说。在车上,李义已经和她们介绍了基本的情况,对于这件事,她们也已经心里有数。

雪妍有过救护老人的经验,因此她一放下背包,就全程陪在韦老头边上。趁韦老头还有微弱的意识,雪妍告诉韦老头:"爷爷,您是被诬陷的。我们都帮您查清楚了。"哎,这个消息要是来得早一点就好了,韦老头或许就不至于走到这个地步。他为了证明自己的清白,采取了这么极端的方式,也表明他已经对人世和世人感到失望了,才会作出这样的选择。

魏老师让儒生赶紧给韦老头的家里打电话,告诉他们老人出了事。韦老头的儿子在电话里说,他正在外省开会,没办法赶回来。过了好一会儿,又交代他们要处理好,否则就把账全算到他们身上,还要把他们给告了,要他们赔偿。

好在韦老头被发现得及时,没有什么大碍。否则,红阳苑真的出了人命,后果真是无法想象。

容叔吓出了一身冷汗,他说:"这个韦老头,怎么这么想不开?人生大事,不过一命而已。命都不要了,人生还有什么图的？他真的是不管不顾了。"

还有些话他没说，如果老人真的出了什么事，那就背离了创办红阳苑的初衷。其他的老人还怎么待下去呢？自然，红阳苑也办不下去了。

缓了一会儿，容叔才假装云淡风轻地和魏老师说："下次，还应该和所有老人立一个'红约'——不准找死。"谁说不是呢，本来大家就是相约健康养老、快乐养老的，结果，整出这么一大摊子糟心事来。这个时候，他还能幽默起来，证明事情还不算太坏。休息两天，等韦老头情况稳定了就可以出院。

李义忙前忙后，他去支付了医疗费，又买了一些日用品，买了瘦肉粥。魏老师叫李义先送容叔回去，自己陪着韦老头就好。

女孩们简单吃了几口饭，就和儒生几个年轻人碰在一起，共同商讨解决的办法。"韦老头大概率是被诬陷的，有人精心布了这个局。"尹月说。

她这么说是有根据的："我和雪妍在来的路上都研究过了，最开始发布视频的那个女子，她的号发布了很多内容，都没人关注，可是自从她爆出这个事情之后，她就莫名其妙地火了，流量和关注度就上来了。这两天，她已经开始试水直播带货。"

她们之所以晚到，就是顺着那个IP地址顺藤摸瓜去了另一个城市，找到女子的地址，想去找女子对质，不过她们扑了个空。

"现在的人为了流量，都这么不择手段了吗？一点职业操守都没有。"儒生义愤填膺。虽然他的职业方向也是进入直播行业，可他做不来这么没有道德底线的事。

方向已定，他们拿出笔记本电脑，由儒生负责去找发布有关信息的账号还有IP地址，并运用技术手段去追踪那些IP之间的关系。由雪妍负责梳理分析相关的负面评论，尹月则负责去找与女子有关的信息。

事情逐渐水落石出，果然如同他们所预测的那样。那些视频博主都是同一个团队的，他们背后的公司都有关联。那些负面评论者，也有很大一部分是固定的"水军"，接近上百号人。他们故意挑起老年人和年轻人的冲突来引起关注。

他们想办法联系了调查组，调查组说调查结果不便透露，要等统一的对外发布口径。他们还是坚持向调查组提交了一些证据，确保调查结果更趋向于真实。

"请你们一定要重视，老人已经采取了轻生的行为。"雪妍说，"如果你们的调查结果不公正，我们可以通过这些证据去检举你们的不作为。"她非常懂得如何去打交道，并保护老人的权益。

韦老头冤就冤在，他真的举起手机拍了照。他坐在通道的右侧，却往左侧拍，女孩站在左侧，穿着短裙，遮挡了韦老头一半的视线。他的镜头其实是对准了停在车窗上的蝴蝶，但女孩的大腿也有部分入了镜。那个女孩就专门揪住这个问题不放。这就是为什么他怎么也解释不清楚的原因了。

年轻人等不及调查组的慢动作了。他们已经开始试着联系那个女子，想要让她道歉，如果她拒不道歉、不承认，他们就会发布真相视频。根据儒生的经验，这个事件一旦实现反转，韦老头就能恢复清白了。很多网友就是这样的，人家一调动了情绪，就容易被牵着鼻子走，不去探寻真相，也不管真相是什么，网络暴力铺天盖地。所以，要破除网络谣言，真的得跑断腿。

在大家的努力下，调查组发布了真相，这件事得到了澄清。那位女子被迫发了道歉信，随后是一波网络暴力的反噬，她尝了自作孽的苦果。那些擅闯红阳苑的人们，也受到了应有的惩罚。

韦老头出院的那晚，容叔组织红阳苑所有人召开了"红阳大会"，在庭院里庆祝他获得新生，庆祝这难得的团聚，同时也宣布了一条新的"红约"——无论如何，所有人都要努力活着，所有人——老的、小的，男的、女的。

大家都笑了，有人还仰着脸，努力不让噙着的泪水落下来。

拍视频、登山、创业……无论什么方式，都是他们对生活的探索和对生命意义的追寻，而爱意也在此间悄然萌生……

第三章 爱意在悄悄荡漾

追债

红阳苑终于重归宁静。在经历了各种各样的琐事之后，这份宁静显得格外宝贵。郊外的秋意要比城市更早袭来，早晚间都有了凉意。早晨，草地上已经裹了一层露珠。阳光洒下来，凝滞的雾气，过了好久才能彻底消散。

儒生已经架好了设备，很快，尹月出镜了，她这次模仿的是奥黛丽·赫本的经典装扮。精心挑选服装，化妆，选场景，这是拍"大片"的过程。儒生已经确定了几个拍摄方向，其中一个就是尹月的加入，给他带来的思路。尹月成为他视频的主角、模特。她也有很多好的思路。她设计好自己的造型，搭配精选的郊外风景，打造一种人之美与自然之美的融合，实现现代气质与乡土气息的衔接与融合。

第三章
爱意在悄悄荡漾

技术由儒生实现,天衣无缝的组合。光是红阳苑房子的四周,就有得他们发挥了,更别说还有方圆5公里开外的风景。

尹月这次来了就不再走了,她和3个男青年一样加入了红阳苑。尽管暂时没有那么多"工位",但是她表示可以先把吃住费用扣在她名下,等到她攒够钱了,会补交自己那份"红粮"。所以对于儒生的邀请,她爽快地答应了。按照她自己的说法:"走南闯北,也想有个家。"

她和老年人分享她的故事,比如她一个人如何不带一分钱,就能在一个城市混上1个月,她已经成功待了3个城市,而且所用的方法都是随机应变的。她身上有着极强的冒险家精神,大家都听得津津有味。

特别是桃姨,忍不住给她竖起了大拇指。

而珍姨,也似乎在她身上看到了自己年轻时候的样子,珍姨特别喜欢这个聪明伶俐的女孩子。

尹月的经历,桃姨听进去了,并且被深深吸引。她思来想去,计划重新为自己再选一条路。而走上那条路的第一步,就是先给自己装上两条"腿",架在四个轮子之上。她找到吴欢,提出了她的请求:"你能不能带带我?我想练车,真正学会自己开车。"

"桃姨怎么突然想练车呢?"吴欢不解,"再说,练车去驾校更好,毕竟我也不专业。"

"费那钱干吗,我又不是没有驾照。之前在驾校考过,只是后面一直没有机会开车。现在就算拿到车我也不敢开。趁现在也没什么事做,我还是想再多练练,以后可以自己开车上路,相当于给自己多双腿走路。"桃姨坚持。

吴欢答应下来了。但在当晚,他还是把这个情况和葛新说了。葛新说:"那你得答应她呀,难得她还有这种心情要练车。几年前她去考驾照还是我'逼着'她去的。但是她拿到证后一直没开过车。以前她胆子小,怕高、怕这怕那,总说不敢开车,主要是心理障碍吧。你要是把我妈教会了,我会好好回报你的。"葛新还告诉他,如果国庆节她能休上几天假,就过来一趟,看看母亲和大家。这个消息让吴欢非常欢喜。

  儒生的脑袋瓜子很灵活。他明确了视频拍摄定位,那就是聚焦一个主题——真善美。拍摄尹月时,侧重讲"美";拍摄郊外生活时,侧重讲"真";拍摄与老人们的故事时,则侧重讲"善"。所以,那段时间,他一直在思考如何讲好红阳苑老人们的故事。他们每个人,翻开来看,都是一本内容丰富的书。现在,人们越来越返璞归真,这种体现人与自然之美,反映生活的朴实、情感的真挚的作品,大有可为。而这,也正是他所崇尚的。

  了解到灿叔的事后,在容叔的指导下,吴欢帮灿叔报了警,并在网络上填写证据、截图,对丹丹进行交友诈骗举报。但那笔款早已被转移了,最后只退回不到10万元。警方表示会持续追踪,同时对灿叔进行了教育:"你以为人家真给你看?一次、两次、三次,那只是个硅胶人偶。"灿叔羞得抬不起头来。他涨红了脸,多丢人呐!他也觉得委屈,一大笔养老钱就这样打水漂了,他心痛不已。为了能提前养老而攒的养老钱,现在成了水滴掉到沙漠里,蒸发不见了,怪自己,色令智昏。他只怪自己。

  发生了这件事后,每到傍晚,灿叔总要到后院的斜坡上坐着,一个人默默地抽烟。有时桃姨在菜地里忙活,就会看到灿叔一手叨着烟,一手插兜,在斜坡上走来走去。灿叔没

第三章
爱意在悄悄荡漾

有烟瘾,如果没有特别难过的事,他是不会抽烟的。经过了反复的煎熬之后,他向容叔提出要离开红阳苑。容叔自然不会答应。对于灿叔内心的想法,大家猜到了七八分,都尽量不去触碰那个话题,努力以各种理由夸赞他:"灿叔,您的厨艺红阳苑第一,哦不,全世界第一。""灿叔在,我们才有好吃的。"等等。

关于这个问题,容叔早已和吴欢谈过。吴欢表现得极为积极:"灿叔,你厨艺这么好,能不能带带我?我们可以合伙去开店。"最近,他和李义对乡村主题公园的建设做了调研,他观察过了,乡村主题公园光有建设还不行,还得有游玩的项目,餐饮也得跟上。他做过经营,知道真正回归做实体,才是正确的路,才能走得久远。

这个台阶递得及时,深得灿叔的心。能退回差不多10万元,已经是意外之喜了,他本来就没想到能退回来,警察也说了:"已经算是运气好了。肯定是经验还不足导致的失误,刚好有一笔款经过那个账户被捕捉到。"有年轻人的帮忙,他觉得压力似乎变小了一些,当下之急就是得把剩下的那笔损失挣回来,趁着还不算太老,就当从头再来。

隔了一天,有几个陌生男人在红阳苑门口徘徊。有了前面的经历,大家的警惕性变得很高。李义抄起了门背后的棍棒问:"来者何人?"

几名男子见状,说:"别误会,我们是来找吴欢的。"

"没有这个人。"李义斩钉截铁。直觉告诉他,来者不善。吴欢的事他知道,而来的是什么人,他已经猜到了七八分。

"不可能,我们在视频上看到他了。"其中一个男子举起手机视频画面,正是之前那群人闯入拍摄的画面,按理说应该下架了,他们可能一开始就下载了。吴欢出现在画面里。

"他欠了我们的钱。"他们还试着讲道理,"这是逃不了的。法律义务摆在这。"

容叔在活动室接待了他们。他说:"之前吴欢的确在这里待过一段时间。"又问他们,吴欢欠了多少钱。

"连本带息,126万元。"对方说。随后,大致说了具体的欠款情况。

"我了解情况了。这样,等我们见到他,一定会转告你们。"容叔起身,作出了"请"的姿势。

那几个追债的男人不甘心就这样空手而归,他们四处张望,并且安排固定人手守在门口、后院,渴了就去车上拿水喝,饿了就啃面包。丝毫没有要返回的意思。

吴欢的确不在院子里,他被桃姨抓去练车了。桃姨下定决心后,练车非常勤快,早晚都要出去一趟,只练了两天,就已经可以自己开了。这天,她提高了挑战值,表示要开到一些路况更复杂的地段去,还要转周边几个镇,于是把吴欢摁在副驾上。快到中午,他们才找了一家肠粉店,准备吃了午餐再返回。

"我有个计划。"桃姨边说,边将盘里的肠粉酱汁涂抹开。

吴欢停下手中的动作,认真听她说。

"等我把车子练得熟练了,再过一阵,我想叫我女儿给我买一台车,二手车也可以。我想去自驾游。"桃姨像和他说着什么惊天秘密一样,压低了声音,"我已经想了很久了。人嘛,总得为自己活一次。我还了解了一下,有很多非常好的自驾路线,绕着川南、藏南方向,那里的风景特别好,像人间天堂。或者往北走,去北方大草原,还可以骑马。还可以往东边,沿着海

第三章
爱意在悄悄荡漾

岸线。"

吴欢有些惊诧,他说:"您身体吃得消吗?"

"所以从现在开始,我不仅要练车技,还要锻炼身体呀。"桃姨说,"我已经在订计划了。晚上睡不着,我想了很多。在红阳苑一定得把基础打牢了,我们才有更大的机会去体验生活、追逐梦想。"

"我们?"

"对啊,到时候我想请你和我一起去。"桃姨说,"我可以让我女儿给你支付费用。你什么都不用做,偶尔跟我换换开车,有需要的时候帮我搭把手。主要是路上有个照应。因为我从没做过这些事,从没有一个人出过远门。这是第一次,有你在我放心,就是让我过渡一下。"

"桃姨您可真厉害,像一个女侠一样。还想得那么长远。"吴欢为她点赞,"我还不一定哦,到时候看情况再说哈。"

"好,你要帮我保密哦,这个计划还不能告诉我女儿。"

在回去的路上,吴欢接到了李义的电话。

"千万别回来。"李义说,"好几个来要债的。就在院子门口候着,没有要走的意思。你先别回来。他们走了我再告诉你。先别回来啊,千万!"

吴欢把车子停在路边,深深叹了一口气。他说:"桃姨,您先把车子开回去吧。我晚点再回。"

这一天还是来了。他没有别的选择,还能躲到哪里去呢?天地之大,竟没有一个地方能容得下一个叫吴欢的人。躲得过初一,又如何躲得过十五?吴欢抬起头,似乎看到一块巨型玻璃,从天而降,正要往下坠,就要砸中他,将他割成千千万万片。

吴欢房间的玻璃被石头砸碎了。隔了两天后再来的，是看起来比之前那几个人更暴力的追债团伙。他们不讲道理，瞄准了就砸。

他们花费了大力气。此前只是制造了一个已经离开的假象，他们偷偷留下了人全程监控。因此，吴欢隔了一天后才回，自然被盯上了。他们的另一个团伙一接应上，就迅速行动，拦住了吴欢的去路。

"欠债还钱，天经地义。"领头的说，"到今天，就130万元了，不是你躲就躲得掉的。再不还，还会接着涨。池塘里的水溢出来，迟早要把你淹死。"

院子里的人，被突然的袭击弄得措手不及。距离上次还未过去多久，这里连着成了风暴中心。

吴欢只好出门。他一出来，就被几个大汉按住肩胛，儒生、李义在一旁说："各位大哥，咱们有话好好说。咱们坐下来谈，别这样。成吗？"

"如果能坐下来谈，我们至于这样吗？"领队的说，"狗急了还跳墙呢。"

从外面回来的灿叔，一看到吴欢被一群人架住，就冲进人群，朝着外人乱揍一圈。年轻人赶紧去拉他。那帮人倒也不是真的要动粗，更加不敢对老人施暴。外在的凶煞样都是装出来的，他们又不是不懂法，弄不好，要吃牢饭的，犯不着。老人把拳头砸下来，他们也感到愤怒。

那帮人没有碰到他，灿叔扑过去，反而是自己摔倒了。最后是自己把自己弄伤了。不过，为了吴欢，他是心甘情愿的。

第三章
爱意在悄悄荡漾

苏醒

谋一条新的出路,对于吴欢和李义来说,都十分迫切,并且非常重要。他们3个人当中,儒生目前已经确定了自己的方向并已经付诸努力,他和尹月的搭配也可称为天衣无缝。目前就吴欢和李义还"闲置着",他们急需改变现状。

追债事件已暂时平息。在容叔的调和下,大家一共凑了8万元给对方,以此作为利息,并且申请了1年的宽限期,利息还在快速地滚动着,马不停蹄。吴欢觉得,转动的每1分钟都是成百上千元的人民币在流失,他没有那么多时间能浪费。

因为尹月的加入,李义必须更加卖力。他的苦恼在于,他还不能有任何的表示,因为现在还不是时候,自己还一无所有。因此,他下定决心要依靠自己的能力,加快项目开发进度,闯出一片天地来。

吴欢和李义就这样结成了"战略同盟"。他们去乡村主题公园调研的频率更高了。此外,他们还加大了对业态的研究,收集了非常多的资料,并进行系统分析。在他们持之以恒的努力下,一个大项目在他们的脑海里成形了。一句"有了"让两人都异常亢奋。

项目的主要思路已经有了雏形。在现代生活富足的背景下,城里人对于物质本身并"不缺",所向往的主打就是一个"体验"——"体验经济"是大趋势。这里离城市也不过三四十公里,是极有市场潜力的。吴欢有过经营公司的经验,他非常敏锐,在经过前期的调研和分析后,精准地提出了这个切入点。

这个方向也得到了容叔的认可。容叔给了他们最及时的鼓励:"孩子们,大有可为。我没有看错你们。你们的脑袋瓜子非常灵光,一定能办成事的。"

具体来说,就是盘下两块地:一块地用作蔬果体验园,作为儿童田园教育基地,让城里的孩子参与劳动,体验农耕生活,享用绿色果蔬;另一块地用作家畜体验园,养一批小猪小羊,让城里的孩子与之互动,感受饲养家畜的快乐。这两个园主打的"体验"是业务前端,面向体验型游客;中端要有专业的种养支持;后端还要投向市场,面向终端消费者。整个业务链条就这样盘活了。可以只做一个园,也可以两个园一起做,这是一个庞大的工程,需要有强大的资金支持,更需要有强大的团队支持。

乡村主题公园周边也的确有这样的地皮。一块是靠近公园里的中药园西侧,园外差不多有2亩地;另一块靠近公园南门,园外有1亩多地,一侧是边坡。虽然不算特别理想,但是已经基本能满足他们前期的项目运营。将此作为试点,如果效益好,还可以进一步扩大规模,形成连片的效应。但租金不低,且运营的条件相对苛刻。

"你们要学会借用外力。"容叔给他们开小灶,"为什么别人空手套白狼也能成事?那是他们会精准地利用资源、盘活资源、调配资源,那就是一种能力。当然,我不是教你们去空手套白狼,那是不可取的,而是想引导你们的思维转向,做人做事还是要脚踏实地,但脑子也要活,要学会借力,他山之石可以攻玉。"

这给了他们启发。于是他们确定方向,并学习谈判知识,开启了漫长的谈判。首先是土地,要解决土地的问题,要么付钱,要么请对方以土地入股。在没有钱的情况下,他们要考虑第二种方案，但是要控制好分成比例，否则他们也可能会血本无归。为此他们已经进行了洽谈，但还未磨出结果，对方一直没有松口。此外，还有第三种方案——引入"别人的钱"，那就是寻找第三方投资。他们也在寻找合适的、有这个投资意向的目标公司。多面发力，他们变得繁忙起来。

围坐在一起的时候，宝来叔也积极发表观点。在项目规划期间，因为他有一定的中医经验，还参与过对园区的中药移植、种植的规划和设计进行指导，所以他一直关注乡村主题公园里的中药园建设情况。其实他们已经有方案了，他只是看看有哪些不合理、哪些要调整的地方，结合中草药适宜种植的气候、所展现的形态色泽、功能等，按不同种类进行划分，方便后面的研学实验。宝来叔说："中药产业未来肯定也是一个方向。中医说是我们的国医都不为过，并且已经证明了它的治疗成效。你们看看能否和这个结合起来，看看可以做成什么产业？"

而在一旁的灿叔灵光一现，或者说他在上次吴欢提出要搞餐厅后已经思量已久，他说："是不是可以做一个药膳餐厅，把中药做成食疗？"这个新的想法获得大家的认可，实际上，这个项目的切入口就要小得多了，资金投入没那么大，运营难度也没那么大。作为"第一桶金"来讲，的确是值得一试的。他们决定纳入考察范围，同步物色合适的项目机会。

儒生一直在坚持着视频录制。目前来看，他的"火"停留在南蓝旅游的那一则与老人有关的视频上。寻狗的那期视频也火，但有特殊性。其他的视频，关注度还是要欠一些。现在他已经制作了10多期尹月的视频，并且正式发布了两期，还处在试水阶段，关注和评论都比以前要多了，但还是没有赶上最火的那一则。他知道需要一个过程，他有耐心，可以等待。

尹月就不似儒生这么平静了。她认为一定是缺了点"火候"，如果一直没有把握到那关键的一点，才是最致命的，那么做什么都没有意义。因此，她必须得调整自己的构思方向。

珍姨现在喜欢看他们拍摄视频，这是年轻人喜欢玩的，代表最潮流的方向。珍姨是很注重打扮的，但她原来可能没有找到最适合自己的风格，没能充分挖掘自己的美。直到那一期，尹月邀请她："珍姨，回去找一件旗袍穿上，我们明天一块拍。"这可把珍姨激动坏了，回去就翻箱倒柜，把所有的旗袍都试了一遍，才选中最满意的一件，然后熨烫好，挂着等待次日黎明的到来。

尹月仔细分析了，以前的视频没有剧情，只有画面，因此还是缺乏生命力，受众比较少，因此她决定加入剧情。要剧情就得有人物，于是她决定带上珍姨。她端详过，珍姨很有那种东方古典美的气质，只是一直没有充分利用好。而她呢，脸上的雀斑点缀，让她多少带了一点西方的气质，她要让东西方之美碰撞在一起。化妆可以让东西方的特质更明显，然后拍出的视频，可以模拟不同剧中的经典人物和经典画面，毫无违和的衔接，这也算是一种"再创作"了。她精心打磨了一个剧本，并且和儒生反复探讨。

"你很有写剧本的潜质。"儒生夸她，"你天生就适合干这个。"

尹月有些不好意思地笑了，她说："我不是干这个的，只是我对一样东西产生了兴趣，就会钻得深。"

在尹月的一番"神手"操作之下，珍姨的搭配、妆发、服装,到最后呈现的造型,实现了质的飞跃,浑身散发出浓烈而富有韵味的美。看到镜子里的自己,珍姨满意极了,她故意走到魏老师面前晃悠,魏老师竟然一下子没能反应过来。天呐!他看得眼睛都直了。后来,每次回想到这个画面,珍姨都忍不住嘴角上扬。

他们尝试拍一些带笑点的视频。没事做的老人都喜欢凑近看,看到好笑的画面时,他们就会笑个不停。有时他们会在一旁拍手叫好,对一些不确定的动作,他们还会参与讨论出出主意。一开始是容叔、灿叔,后来宝来叔也去看,再后来连魏老师也去看。而那些已经制作好并往外发布的视频,他们也会叫儒生发一份给他们自己存着。儒生问他们:"要不要一起拍?"他们都说:"好。"

看到老人们齐刷刷地在一旁,儒生会忍不住去请苏瑾阿姨出门。大多数情况都会被拒绝,偶尔也有一两次是成功的。她现在最听儒生的话。考虑到她的身子比较虚弱,儒生就扶着她,给她放一张椅子,让她就在一旁坐着看。

宝来叔说:"还是你小子有办法啊。我还以为,苏瑾要一辈子赖在屋里了,就像庄稼烂在地里那样。"

儒生故意扮个鬼脸逗她,苏瑾阿姨会跟着笑。

尹月人小鬼大,饭前坐在桌上总能讲很多笑话逗老人。她已经教会老人怎么使用智能手机去拍视频、看视频。现在早操是她来带,她不拘泥于传统的晨操,有时还会教几个夸张的舞蹈动作。她看到老人们在一旁,忍不住做出夸张的造型,或说几句台词,与自身形象形成巨大的反差,自带喜剧效果。有她在的地方,总会有笑声。

快乐似乎会传染。这整齐、欢乐的画面,引得刚好看到这一幕的李义也忍不住咧嘴笑。他举起手机，连着拍了几张照片。每次尹月拍视频，他都想看。不用凑得太近，还要故意离得远一些，静静、偷偷地看着她就好。近期跑项目太频繁，他没有那么多时间，但是他会把那些视频都下载下来，每天都反复看，看到那样一张充满生气的脸庞，内心的愉悦会瞬间冲淡一切疲惫。

国庆节前一天，红阳苑的所有人都聚在一块，加菜团聚。年轻人的活力在苏醒，老年人的快乐也在苏醒。

作陪

自从那件事过后，韦老头不知怎的，开始整夜整夜做噩梦。每到夜晚，他就会觉得头痛，失眠的症状越来越明显，好不容易睡下，很快又会惊醒，一看时间才凌晨一两点，一摸额头、脖颈，都是冷汗。在梦里。许多野兽从电脑屏幕中冲出来，拼命地撕咬他。这样的梦让韦老头感到困扰。显然，他还没有办法彻底从网络暴力中缓过来。那样一张无形的网，杀伤力竟然那么大。

梦中有个人影，却看不清脸，那人就站在角落里，冷漠地看着他，任野兽如何撕咬他，也无动于衷，这让他感到寒彻骨。他认为那是儿子。自从他出事后，儿子都不曾联系过他，也不关心他的情况。网络上那件事一爆发，儿子就说："赶紧回去躲躲吧。别影响小的上学，他们要面子的。"瞧瞧，诛心都不用刀的。回去？回哪里去？儿子家不是他家。他得"回到"红阳苑，这个才待了几个月的地方。假如没有红阳苑，他必定无家可回了。是啊，他丢人了，他的命还不及他们的面子。现在的年轻人，为什么可以这么自私？他真该反思，是不是自己的教育出了什么问题？

半夜，他坐在床上，睁大眼睛望着一片漆黑，长久地发呆，长吁短叹，直到天明，他才短暂睡去。

他刚退休那会儿，儿子儿媳工作顾不上家，求他帮忙带孙子，好不容易带大了一个，接着二宝又来了，而他喂养孩子的方式、教育孩子的方式，在儿媳那里也变成"有问题的"。他骂孩子两句，变成"打击自信心"了；他追着喂孩子，变成"纵容孩子"了；吃剩饭剩菜，也不对。他们谈论的话题，自己也是插不上话。是啊，老了，"不中用了"，孙子也这么说他，这才是最扎心的。可是，真要用到他的时候，还是一个电话就把他叫回去了。不是说他"不中用"了吗？不需要他了，绝不会有一句问候。

在黑夜里，他摊开手掌，仔细看，那里已经遍布了茧子，那都是所有经历的岁月的见证啊。好不容易养大孩子，日子看起来也越过越好了，可人的心怎么就越来越硬了，人之情义如嚼蜡呢。他不知道是哪里出了问题。可能最大的问题还在于他自己，是不是真的没有陪伴好、教育好下一代，才会让父子关系变得如此疏远？一想到这些，他就会难过。

韦老头因为失眠而带来的憔悴、消瘦，儒生关注到了，他猜测可能是网络暴力的后遗症。他想，应该分散老人的注意力，不要老去想那件事才好。于是，他扛起设备，问韦老头："韦伯伯，我要录个视频，需要您帮忙，您能帮帮我吗？"

"好呀。"韦老头欢喜地应承下来。看看，在年轻人这里，他是被需要的。之前出事，年轻人全程陪着，现在每天也会问候各位老人。这让他感到一丝丝安慰，相比起来，来自陌生人的关心，让他觉得温暖如此真实地存在着。

韦老头原本就喜欢摄影，只是那个事件让他心里有了阴影，举起相机有些畏首畏尾了。儒生邀请他加入他们的视频拍摄团队，他可以大胆地做，帮忙调调拍摄角度、递递道具，人一忙起来，逐渐就能从中感到快乐，特别是看到视频成品的时候。儒生会告诉他："这里面有您的汗水、您的功劳。"年轻人的夸赞，让他更有动力了。慢慢地，他的失眠症状越来越轻，到最后可以完全不去想那些事了。国庆节，韦老头的小孙子过生日嚷嚷着要他回去，他一心软，就答应回去了，为小孩，不为别的。

国庆节期间，尹月摔了一跤。为了追求更好的效果，他们扩大了拍摄范围，选择了距离红阳苑1公里开外的区域。那里沿着斜坡种了几棵枫树，还有一小片芒草，河水从那里流过，这个画面深得她心，这个发现让尹月如获至宝，她一直心痒痒想去那里拍几组照片。儒生说那里的拍摄条件不太理想，她不肯罢休，连着几天都在念叨。架不住她的哀求，儒生终于答应了她。

一开始，两人采取了比较保险的方式，拍摄了几组照片，也简单地录了几个视频画面。尹月看来看去，觉得还不够满意，于是她盯上了那棵在斜坡上的枫树，快步跑了过去，并往坡上爬。

"儒生，快来，帮我拍出'有位伊人在水一方'的感觉。"她大声招呼着。

此刻的尹月如一匹脱缰的野马，在草原上奔跑。无论谁也不可能制止得了她了。他出乎本能的担心，连忙说："好，你注意安全啊。不着急。"

调来调去，儒生最终决定将设备摆放在岸边，隔了一条河，好在河道窄，河水也不深。这个视角的画面和构图最妙。

"好了吗？"

"快了。"

于是尹月开始摆各种各样的造型，她像插花，或者摆布艺术品一样摆弄自己的身体。

一个女生最神奇的魅力在于，仅仅用自身的肢体、神态，就足以伸展出一个活脱脱的春天来。微风徐来，吹拂了树，吹开了发丝，更吹动了人心。

儒生看着镜头里的人儿，不禁入了迷。心跳突然加快，手关节也突然失灵了。他涨红了脸，幸好隔着一条河，否则他得钻到水里去。以前，对于镜头里的一切美，他都自动处于"防水"状态，滴水不沾身。可这天，那张水灵灵的脸，就在他眼前跳跃，他迷失在一片充满雾气的森林里。

"拍了没有？"尹月再一次问。

儒生终于回过神来，他的手一直在动，眼睛也一直在看，职业习惯使得他闭着眼睛都能完成拍摄。可他失神了，他的心已经飘远。飘去哪里了呢？在水一方。

尹月每次都要很大声地说话，她以为是隔得远的原因。她还没有马上觉察到儒生的不专注。她极力想摆出更有难度的动作，就在这时，身体一摇晃，脚下踩空了，她整个人从斜坡上滚了下去。

儒生这才反应过来，他什么都顾不上，就径直跑进河里，蹚水到对岸，想去接住那刚刚盛开却要倒下的花骨朵。摄像设备和架子被他绊倒，落到了水里。

来不及反应，儒生抱起了那已经倒下的花骨朵。两人第一次贴得那么近，在对视的瞬间都羞红了脸。原来心跳加快，是会相互传染的。

尹月懊恼极了,她说:"你的相机一定被我毁了。"

"你不关心自己的伤,关心我的相机干吗?"话一出口,儒生马上觉察到话里似乎带着某种韵味,羞得脖子根都红了。

"我的大片都在里头呢。"尹月说。

指令一出,儒生箭一般再次冲进水里。他把设备架上岸,快速取出内存卡,用胸口部分干的衣服去擦拭它。然后举起来向尹月展示:"这可是我的宝贝。"他说。

人们不会不知道,哪怕无意中拧开了一点点瓶盖的香水,味道就会开始散发开来。而一旦被那样的香味吸引,人们就会情不自禁地投入那样的气息之中,贪婪地吮吸,一切情愫将越来越浓厚、热烈。

"你呀,我该怎么说你呢,心也太大了,也太不小心了。"雪妍在尹月床头忙碌着。

"那我到底是心太大呢,还是太不小心呢?"尹月笑了。

"我要被你绕晕了。你这嘴皮子,打小就是这么滑头。"

"哎呀,谢谢我最爱的妍宝,好好的假期被我搅黄了,你说是不是很想捶我?"

"就是啊,你是头号破坏分子。那你说,怎么补偿我。"

"幸好你来照顾我,不然我怎么死的都不知道。"

"美死的。"

两人都觉得好笑。

"那你是不是得好好补偿我?"

"必须的,我的好妍宝,你想要什么我都答应你。"尹月笑嘻嘻地说。她一张口,就能掐出水蜜桃的甜液来。

"你还嘴贫,好在还捡回小命了,我都吓坏了。"说到这个,雪妍一脸担心。

是啊，好就好在没有撞到尖锐物体。尹月摔下的地方，正好是一片草坡，再往下五六米的地方，就有很多外露出水面的石头，她幸运地避开了，还好没有伤得特别严重。但也伤得不轻。儒生坚持带她去医院拍了片，找骨伤科医生仔细检查。很明显，她这次扭伤了踝关节，造成手臂轻微的骨折，医生叮嘱她至少要静养半个月，然后再拍片观察恢复情况。

"多久？"她再次确认。

"快的话，至少半个月。"医生肯定地说。

行动不便，她失去了自理能力，虽然医生安慰她："只是暂时的。"

没有办法，男生们帮不了她。珍姨回了老家，且就算在这也没法帮得上忙。桃姨现在每天都坚持自己去练车、去徒步。尹月现在的情况是，头发油了得忍住，解衣服要花很长时间，稍微碰到关节或者咳嗽一下她就痛得嗷嗷叫，腰椎也被连累了。一天可以忍，两天也可以忍，第三天怎么可能受得了？想到这些，她只好打电话，千呼万唤哀求雪妍过来陪她。

再聚

李义在听说尹月受伤时，他和吴欢正在与合作方考察项目。那是容叔帮忙出面找的投资公司，也是他们努力了好久才争取到的机会，不能搞砸。他真想找到合适的理由立即中止行程，尽管明知这可能让他错失机会，造成巨大的损失。但在全程接触下来后，对方显然对项目产生了浓厚的兴趣，并且提出要去附近的农场再考察几类适配的资源。当晚，他们还临时作出决定，要去外地，用上一两天，跑3个市，次日就走，继续做深度考察，寻找供应厂家和相应的销售端口，如果条件合适，他们将进一步商讨项目开发事宜。应酬结束后，他们凌晨1点多才回到红阳苑，尹月已经睡了。

回到院子里的李义懊恼不已，在尹月门口徘徊了很久，然后又坐在门槛上望着夜空，思绪万千。

第二天，他们又得早早出发，根本来不及和尹月说上一声。怕打扰她休息，他只好给她微信留了言。

出差时，吴欢接到葛新的电话，说是要在6日过来一趟，待上两天。这让他的内心瞬间激动起来。此前他没有空，也不敢去想她。那这么说，也就是他们出差回来的第二天，葛新就会到。他暗自期待，心里想着要带她去哪里玩。

两人出差回来的时候，雪妍已经过来了。黄昏时刻，柔和的光线透过院子，洒在墙上，人们奔向那一道光，满怀希望。李义第一时间去看了尹月。只是，他刚进门的时候，就看见了儒生和尹月凑得很近，他们说着悄悄话，似乎在密谋着什么，这一幕让他心里很不舒服。在这之前，他已经隐约有一种预感，是莫名产生的，并且那样的预感似乎正在变为现实。他的背脊一阵发凉。有的人受了伤。有的人受了伤。

意外发生后，儒生的拍摄设备出了故障，因为在水里泡久了，没办法再拍摄，他已经送修。除了照顾红阳苑在家的老人以及卧床的尹月，他也没让自己彻底闲下来，一有空就忙着处理以前的视频素材。和尹月在一块拍摄后，他的创意被激发，脑容量越来越大，许多好点子像星火一样四处飞溅。而每次一想到尹月，一想到那次意外的四目相对的场景，他的心情就会十分愉悦，如有电流通达全身。等他忙完，他就会找尹月，给她看看剪好的视频，听听她的修改建议，或者是讨论下一期、

第三章
爱意在悄悄荡漾

再下一期的拍摄主题和内容，无论她说什么，他都觉得好，似乎只是为了听到她的声音。

李义走向尹月的时候，马上换了一张笑脸，问尹月的恢复情况。

"放心啦。"尹月说，"死不了。"看到雪妍正好端了一盘蛋挞走进来，她指着雪妍说："喏，有妍宝在照顾我，我好得不得了。就是不知道要长胖多少斤。"

"你又不胖。"儒生和李义异口同声。两人对看了一眼，心里都不是滋味，不悦全写在了脸上。

雪妍把尹月照顾得很好。她跟着视频学做好吃的给尹月，奇形怪状的包点，还有凉拌菜。无聊的时候，雪妍还陪尹月一块看看电影，或者讨论新的视频脚本。有时她们还会聊起小时候的事，一些共同认识的人，还会讲讲未来的规划。甚至，在夜里还会讲到"男人"这个话题。她们自小就在一块，后来又一起上了大学，怎么都不会腻歪。

好几位老人都不在家，容叔外出了，珍姨、韦老头各自回了老家，魏老师也和退休同事聚会去了，红阳苑就只剩桃姨、苏瑾阿姨、宝来叔、灿叔，这几位老人平时喜欢独处，都有自己的事，边界感也很明确，不太掺和年轻人的活动。

"葛新，也就是桃姨的女儿，说明天会过来。"吴欢外出采买了一堆东西，主要是吃的，还有一些生活用品，为了即将到来的葛新。坐下来后，他和大家宣告了这件事。

桃姨自然是很高兴的，她坚持练车、锻炼身体，现在的神色一天比一天要好，女儿看到她的状态，肯定会大吃一惊的。

只要年轻人聚在一块，就一定会变得生机勃勃，他们就有那样的魔力，能把沙漠变成绿洲。和刚认识那会儿一样，他们什么都能聊，比如某个热点、某个八卦、某部电影。各自的心事和际遇全都可以抛到一边，聊到尽兴处，尹月就会带着大家哈哈笑个不停。

人世间的冷暖，在每个人身上游走。他们也会聊到严肃的事情，比如某种全球性的病毒，某些国与国之间的对峙与冲突，某些事件中的遇难者，某种灾害下人的困境与地球的出路。"宇宙大爆炸"只是轻飘飘的一组词，背后所承载的、最终释放的却是巨大的能量。潜在的、未来的、隐性的、显性的，无处不在的、无时不有的，一旦触碰到这样的问题，大家也会谈一谈自己的思考和看法，随后又陷入沉默，所有人都被潮水淹没了。

珍姨打来电话，问候了一番。刚挂断，容叔的电话就进来了。老人们很关心尹月的伤势，每天都要问候一下。

尹月说："我们的大家长，容叔，刚才在电话里说，他明天就要回来啦。"

李义后来才反应过来，原来那天尹月和儒生凑得那么近，是在偷偷策划一件事。那是尹月的主意，晚上12点刚过，她组建了一个微信群。李义和其他两位男生一样，都成了"秘密行动"的正式成员。

"兄弟们，我需要你们！"尹月发出了消息，随后连发了4个感叹号，"我瘸得真是时候！"她附上了一个哭笑不得的表情。她动作尽量小心，生怕吵到已经休息的雪妍。

于是，群里火热地聊了起来，大家纷纷出谋划策，讨论着怎样营造氛围，怎样才可以在不经意间制造惊喜。最后明确了各自的分工，天一亮就组织实施。

这一天，雪妍很早就醒了，她怕吵到尹月，没有马上起来，

第三章
爱意在悄悄荡漾

而是看了一会儿手机,回了几个信息。10多分钟过后,就在她想下床的时候,尹月用手拉住了她,说:"再睡一会儿嘛。"尹月甚至没有睁眼。

"你醒啦,我还担心吵到你。"雪妍说,"你再睡一会儿,我去给你煮早餐。"

"不要啦,要妍宝陪我,我才睡得着。"尹月又开始了她的撒娇。

"尹月啊,你也是快30岁的人了,正经点好吗,整得我一身鸡皮疙瘩,都是跟谁学的。"在尹月面前,雪妍又开始了"叨叨"模式。

"不然,你以为我怎么混得开呢。"尹月哀求,"再陪我睡一会儿。以前在学校的时候,我失恋的时候,也是你陪着我,我都还记得。"

"我是想给你煮早餐。"雪妍说,"等等,你是说你今天又失恋了?"

"哪来的恋可以失。"尹月笑笑,"早餐不急,他们都会煮。"

雪妍只好又躺了下来,她们俩闭着眼睛东说一句西说一句,有一搭没一搭的,到后来还真的又睡过去了,两人都踏实地睡了一个回笼觉。

一大早,儒生就和吴欢外出采购物资了。

李义的任务比较简单,但也很重要。吃完早饭后,他只需要带雪妍到市区去,随便以什么名义,主打一个吃喝玩乐。下午,他们还要去车站接容叔和葛新一块回到红阳苑。但他话刚说出口,就栽了跟头。

"没有什么必要的话,我不出去。"雪妍说,"我得在家照顾尹月,我不放心她。"

于是尹月得出马。"去吧。我没事的。"尹月忽然想起了什么,"你还真得去一趟,去帮我一个忙,去帮我取一条裙子,他们节后就撤店了。"

这依然没能打动雪妍。"你让他们快递过来就好了嘛,现在快递这么方便,送货上门。根本没必要专门跑一趟。"

"不行,你得去帮我试一试。很好看的,我专门私人定制的。我们俩的身材差不多。你一件,我一件,姐妹装。万一尺寸不合适,那不就白要了?对吧,去吧。"

雪妍还是摇头:"你这个人,鬼点子多。肯定有什么阴谋。"

最后,还是李义的招数有效。他一说,雪妍就愿意跟着他出去了。

这和李义最近频繁在外面跑项目的经历有关。隔壁区一个在建的工业园旁边新开了一所民办学校,方便工人的孩子就近上学。这一天,学校组织孩子们到市区游学,在一个陶艺馆有陶艺体验项目,那里缺人手,他提议雪妍去帮忙一下,大概1个小时,从时间来看是非常合适的。学校和陶艺馆两边的负责人,他都认识,前几天关注到他们的动态,了解到他们的需求。他知道雪妍喜欢做公益项目,还在南蓝旅游的时候,就看见她做环保,又听尹月说过几次被她拽做公益的事。所以,他提前联系了陶艺馆,确认了这个信息,他试着和雪妍一提。

他是这么说的:"你这一行,既可以帮尹月试衣服,又可以为孩子们做点事,还可以接回老人和葛新,一去三得啊,何乐而不为。"

这个提议让她动心,雪妍果然答应,她说:"也好,正好可以走走看看。"

假如回过头来看,那将是红阳苑最为热闹的一天。红阳苑,

第三章
爱意在悄悄荡漾

原本暮气沉沉的地方,成了一片欢乐的海洋。人员最集中,天南地北,男女老少,齐聚一堂,大家都放下包袱,挣脱束缚,全身心沉浸在这难得的欢愉之中。

吴欢不知道从哪里搞到了一只羊,正架在院子一角的烧烤架上,木炭的火星已经点燃。儒生把活动室的桌椅搬出来,拼成长桌,上面精心铺了绣着小花的台布,摆上水果盘、饮料、各色点心。厨房里,灿叔和桃姨也在忙碌着,他俩联手行动,对照着一张手写的菜单备菜,桃姨还为女儿专门准备了她的拿手好菜。在朝向大门的区域,搭了一个简单的舞台,他们甚至租来了一套投影和音响。一切准备就绪。

初来乍到的葛新一进门,就感受到其中的欢乐气息。她忍不住夸赞:"这简直是人间天堂,比我想象中要好太多了!"她带来了特产。吴欢默默地帮她接过行李。

容叔、珍姨、魏老师、韦老头全都提前回来了,悄悄地,没有提前报备,只为了赶上这一天的聚会。老人们似乎被这样的氛围感染了,容叔说:"在我们最初组建红阳苑时,完全没有想过会有这么一天。"

聚会从傍晚就开始了,直到夜幕降临,还在延续,甚至逐渐发酵出一波高潮,灯带在夜晚中亮起,像许多攀附在树枝上的萤火。老人们容光焕发,似乎在杯盏之间回到了少年。年轻人也在老人们的面庞上看到铅华褪尽后的睿智和沉稳。每个人都尽情地用餐、举杯、畅聊、开怀大笑。

甚至是不常出门的苏瑾,也叫儒生给她拿了一杯酒。她像其他老人一样,看着大家笑,自己也跟着笑,非常纯粹,不带任何情感的那种笑。她喝起酒来,被呛到,一边咳嗽一边飙泪,可是又分明快乐得不得了。

珍姨特地换了一件墨绿色的花纹旗袍，整个人更加婀娜地摇曳在夜色里，灯光映在她的脸上。她跟每个年轻人都碰了杯，而在与魏老师碰杯时，她望向魏老师，眼里的柔情几乎要溢出酒杯了。魏老师只与她对视了一眼，眼神竟开始有些慌乱，他低头喝酒。这是以前从未有过的，珍姨非常敏锐地捕捉到了这一点。

儒生客串起主持人，这是尹月交给他的任务。他看了一眼正在啃羊腿的尹月，这个女孩，拄着拐杖也要参加活动，令他爱怜。

"今天晚上的聚会，是一场双向奔赴，是我们献给红阳苑全体长辈的，也是长辈们回赠我们的。感恩相遇，让我们再次有了这次相聚。"掌声响了起来。

儒生又望了一眼尹月，她也望向他，眼神在鼓励他继续说。

"今晚的聚会意义非凡，既是为了欢迎新朋友，当然也已经是我们的老朋友了——葛新大美女的到来！"他用手指向葛新，"这是她第一次到红阳苑，相信还有下一次！"

顺着掌声，他继续说："也是为了感谢我们的长辈，刚刚回家的容叔、珍姨、魏老师、韦伯伯，以及一直在家陪伴我们的灿叔、宝来叔、苏瑾阿姨、桃姨。家人们，我们一起共度佳节。"说到动情处，他甚至有些想落泪的冲动。"我们在一起，就是一家人了，共同创造了许多美好的回忆。我代表全体年轻人，向长辈们道一声感谢！谢谢收留我们，关爱我们，包容我们。这些点滴我们都记在心里。"

"说得好一本正经啊。"尹月一边笑他，一边转过了脸，不让人看到她的泪花。

随后，儒生还点开了屏幕的播放按钮，那是他专门剪辑的视频,里面记录了很多和老人们在一起的画面,记录了每位老人的生活瞬间。老人们看着自己在屏幕中的样子,有些好奇,看得津津有味,看了觉得好笑,又不好意思。看完后,好几位老人都感动得抹泪。从来没有人为他们记录过,这些画面,每一帧都真实。几位老人在现场都忍不住讲了心里话,表示被孩子们暖到心里了。容叔非常激动地说:"我们早就是一家人了。这里永远是你们的家。"

当所有的灯突然灭掉,尹月唱起了生日歌,李义推着点好蜡烛的蛋糕,一起走到雪妍的面前。大家很快跟上节拍,齐唱起生日快乐歌。"妍宝,生日快乐!许个愿吧!"

这突来的场面,让雪妍又惊又喜。她从未在这么多人面前过生日,也很少过生日,她也常常会忘记自己的生日。"谢谢大家!"她双手合十,虔诚地向大家一一致谢。"快许愿,快许愿。"尹月继续起哄。于是雪妍乖乖地许愿,然后吹灭蜡烛。后院边上的烟花瞬间点燃。

那是大家共同的节日,有着所有人关于美好生活的一切向往。愿所有的愿望都能实现。

登寺

葛新入住的房间,是吴欢专门腾出来的。吴欢本来想去活动室那边住,后来觉得不太方便,就去和李义住了。他一早就把房间整理好了,他解释说:"因为我的物品最少,腾起来也方便。"他有他的私心。他早就考虑过这个问题了,房间都住满了,总要有人腾一间房出来的。他希望那个人是他,因为,能为葛新做点什么,他暗地里挺高兴的。

假如葛新知道是他的情,一定不会领的。她不知道那是吴欢的房间,也没有人告诉过她,她只是说:"不用为我准备专门房间的,我就和我妈睡一间屋就好了。"

吴欢说:"老人家的作息时间不一样,你就在这屋住,反正这屋现在也是空着的,床单、被罩都是新换的。"

见他坚持,葛新没再说什么。正好,那间房是挨着桃姨的,她住着也方便,就没有多想。

睡前,葛新还是去了母亲的房间,她靠在房间的靠椅上,看着母亲忙这忙那的,就在边上和母亲聊聊天。最近比较忙,很多项目盯得紧,她的电话也少了,知道母亲在这边都好,她其实挺放心的。偶尔,吴欢还会主动和她说起母亲的情况,她大概知道母亲在忙什么。母亲的状态是越来越好了。

"他最近都没再骚扰你了吧?"葛新问。

"谁?"

"还有谁。"

"就那样。"母亲收拾了她的背包和装备,"那副腔调,几十年了都没变。不过前些天又换了说法,说他最近身体不好,肝疼,喊我回去。"

"你别信他。"

"明天要不要和我一块去徒步?"母亲岔开了话题。

"好啊。"

"你对葛新有意思。"在房间,李义说。

"有这么明显吗?"他拉了一张椅子坐到旁边,李义正在修改项目策划书。他们有同一个目标,是同一条船上的战友了。他们在探讨项目问题,偶尔又穿插着闲聊几句。

"感觉吧,就那种气息。不过,你恐怕是单相思。"

"你又何尝不是。"

第三章
爱意在悄悄荡漾

针尖对麦芒，谁都不相让。这话再往下说，两人就要陷入绝望的境地了。

他们的事业终于有了一点点希望，那家投资公司已经委派了下属公司和他们洽谈合作，他们有希望争取到第一个项目。对于他们来说，都是翻身的机会，都有可能逆天改命，容不得半点闪失。所以，在那个机会还没有到手之前，一切都为之让路，他们不允许自己去想别的，去分散注意力。他们要做的事太多了。结合前几天调研的情况，进一步分析可行性，如果这次项目策划书通过了，他们就有望签订合作协议。这个假期他们得一边学，一边干，马不停蹄，不敢松懈。

次日，桃姨一起床，就猛地给女儿打电话，催促女儿早些起床。

她们起来的时候，吴欢已经在厨房忙碌了。只要他在红阳苑，一般都会为大家做早餐，某种意义上，这是他的坚持。粥可以煮小米粥、瘦肉粥、八宝粥、红薯粥，还可以煮玉米、蒸鸡蛋或者煎鸡蛋、蒸包子馒头，面条也可以做成凉拌面、肉汤面等，轮着做，搭配2—3样交叉着做，每天的早餐尽可能不重样。他考虑到营养均衡，有时还要搭配一点水果，比如圣女果、苹果、香蕉等。

这一天，吴欢起了个大早，就是想让葛新能吃上他亲手做的早餐。考虑到前一晚太过于丰盛，他做了口味清淡的白粥，搭配了水煮油麦菜，还蒸了一些南瓜、糯玉米和白馒头，煮了鸡蛋，后来转念一想，可能又太过于清淡了，万一不符合葛新的口味呢，于是他又煮了一些意大利面。

葛新是第一个享用他做的早餐的人。他把早餐端到她面前，她吃了一小块南瓜、一个鸡蛋，又装了小半碗意大利面。她心情不错,脸上带着笑意,并且夸赞了他的厨艺。这让他一整天都心情愉悦。

桃姨向葛新夸他:"这个小伙子很优秀,每天都早起为我们煮早餐,人非常好。务实,肯干。帮了我很多忙。"

"很难得啊。年轻人能坚持早起做一件事。"葛新是真心夸他的。这让吴欢听了更觉得干劲十足。他问两人:"为什么起这么早?"桃姨告诉他:"要带葛新去徒步。"

"不多休息一会儿吗,精神够不够?可一定要注意安全啊。"吴欢和桃姨说。实则也是和葛新说。

"没事的,那条路我很熟悉了,去过好几次了。"

"那早一点儿回来吃中午饭啊,想吃什么?我给你们煮。"

两人摆摆手,出门了。

她们经过一户户人家,穿过一条水泥道路,再过一道石桥,走了差不多3公里,才走到入山口。

"我们是要去走山路吗?"葛新问,"不是说徒步吗?我不想搞得太累。"

"我们就绕着山脚走,走到另一侧,从那里上去,走一小段山路。"桃姨说,"放心吧。不会太累的。再说,你一天到晚都忙着工作,也该注意注意身体,多锻炼。你看看妈,现在身体是不是比以前要好?"

葛新只得依她。葛新补充说:"我是说这次难得休息,没必要搞那么累,平时我也会运动的呀,偶尔散散步,去去健身房。"

"来了红阳苑以后,我才发现身体是越练越好的。就像什么机器都要上润滑油,都要磨合一样。一直放着不动,就会生锈。"桃姨说,"你能帮我搞一台车吗,以后我想去自驾。"

第三章
爱意在悄悄荡漾

之前桃姨也在电话里和她提过一嘴,她以为母亲是开玩笑的,没想到母亲还记着这件事。"想自驾啊,那个很难的。你老人家身体吃得消吗?"葛新始终觉得有些不可思议,"再说,以前你在家,打死都不碰车的。你敢开吗?"

"我已经练了一段时间的车,敢自己开车上路了。并且我每天都徒步,就是想让身体更强壮。"桃姨一脸认真,"我不是说着玩的,我是想体验那样的生活。怎么说呢,我想把自己从秋千架里甩出去。"

"好吧,下次有合适的机会,把我那台换掉,给你搞一台房车。"

"不用换掉吧,那你怎么去上班?"

"下个月公司就会搬到离我住处比较近的地方了,坐公交、地铁其实都挺方便的,绿色出行,减排低碳,不是也很好吗?"葛新说,"如果我起得早,我还可以像你这样每天早起走路去上班,也就几公里。"

两人边说边走,脸上逐渐出汗了,擦干又继续,桃姨还是有些喘气,葛新就显得要吃劲一些。但越往山上时,她们就越努力走得更快一些。

"我们的目的地在那。"桃姨指了指。绕在另一座山头上的,实际上是两座山体的连接处,那里有一处平台,有几间房屋,远远可以望见那里的凉亭和尖尖的金色亭檐。那是一座寺庙,桃姨发现后,已经连着去过两次了,到了那里,她的心情会变得很平静,似乎这数10年的日子在这里都不算什么,根本无法泛起半点涟漪。她不禁感慨宇宙万千,人之渺小。

那是一座"无名"寺庙。据说,那是由两辈的师父历经40余年化缘,一砖一瓦修建起来的,里面的琉璃瓦、大门、梁柱、石梯等随处可见功德者的名字和捐赠日期,有的时间跨度长达数10年。里面常住僧人不多,桃姨只见过一位,年纪尚小,十六七岁模样,总穿着一件灰长褂,负责做一些打扫、摆放贡品、清理香灰等日常事务。一般来上香或求签占卜的人都由他接待,但他从不解签,据说是"修为尚浅"。人们可自行揣摩签文,或者找他师父解签。这座寺庙不大,平常附近的居民会在一些时间点来上供,有时也有外地慕名而来的人来上香、求签,所以,每逢初一、十五,寺庙的香火还挺旺的。人们常常是把车子停在山脚下二级公路旁边的草地上,然后从步道爬上去。

"那是一座寺庙吗?"走到途中,葛新突然问。

"应该是。"

"我们为什么要去一座寺庙呢?"

"不为什么呀。"桃姨说,"今天就是随便走走呀。寺庙里有几座神像,你要是想,也可以去上一下香。据说还蛮灵的。"

在寺庙,葛新见到过太多狂热的人。香火萦绕之下,见众生。膝下、头垂、手合十,有求名求利求升职,求婚求子求家兴,亦求去病去祸得平安,这是大部分普通人的想法。又何尝不是求一个"得"字。

葛新和母亲聊起一个故事。在杭州一个寺庙里,她就见到过一个近80岁的老妇人跪着,一步一匍匐地拾级而上,前往殿堂。沿途那些经幡随风而动,吹皱人心。这样的虔诚背后,真不知道心中有多悲戚,又抱着多么微弱的希望,她感到内心难言的辛酸,便扭头不去看了。后来也不知道是听谁说,那位老人家的儿子"出了事",老人家在给他求平安呢。也不知道是"出了什么事",更不知最后"是否平安",总之那位老人已经深深地刻在葛新的脑海里。

第三章
爱意在悄悄荡漾

"我没有什么可求的。什么也没有。"葛新说,"那些神啊仙啊的,每天那么多人求他们,他们忙得过来吗?所以,我就不给他们压力了。"

"呀,你这孩子,怎么口无遮拦的。"桃姨怕有所冒犯,赶紧双手合十祈祷,嘴里念叨着,"仙人勿怪,勿怪。"

她们还没登到那座寺庙,葛新就扭了脚。"看吧,天意如此。"她本不是很想去山寺,但又不忍拂了母亲的心。

"你这孩子,这是故意的吗?"桃姨有些不悦,"还有不到20分钟,我们就到那里了。"

"走不动了,崴了脚,我得单脚跳着上山、下山。"葛新干脆在一块平地上坐了下来,"你想去就去吧,我在这里等。"

桃姨犯了难。要是在1个多月以前,她会跪拜得很积极,比如求取破镜一万次后的重圆,求取还能安稳度过余生。但现在,她已经完成了所谓的"自渡",她知道一切的造化全在个人。这次拉着葛新来,她是想带着她去求签,三十好几的人了,一点儿都不着急结婚,不着急生小孩,以后老了可怎么办呢?倒不是说她对婚姻有什么期待,她就是个很好的例子,婚姻也不见得都是好的,可她最担心的是自己老了以后,女儿也会有老的一天,一个人孤零零的,看着这与自己千丝万缕而又毫无关系的人世间,该如何度过?所以,她希望女儿有一个好的归宿,和一个真正对她好的人,组成一个和谐友爱的家庭,有着真诚而热烈的情感,绝不像她这样。

好了,女儿不去。那么就让她这个当母亲的代劳吧。她决定爬上去,以女儿的名义,替她求上一支香,与此同时,她做了一个决定。

很快,吴欢已经按照桃姨在电话里的"指路",开车过来,精准地找到山脚下的路，然后以最快的速度爬上半山。他们之前练车的时候，有几次路过这里，所以他知道路，但他从未去过山上的寺庙。

葛新原本正在拍半山上的风景，然后欣赏山下的田地，还有远处城市的楼群，也别有一番景致。其间她还接了两个电话，处理了一些工作，所以对于她来说，感觉时间还没过去多久。看到突然出现的吴欢，她还是有些惊讶。"你怎么会出现在这里？你不是在忙着项目的事吗？"

"项目的事刚好搞完。李义已经去对方公司交策划书了。阿姨给我打了电话，说你崴脚了，我不太放心，就过来了。"吴欢给她递过去一瓶水，又从背包里拿出一瓶喷雾。"涂点这个，能消肿。"

"我没事。我妈那个人，什么都往外说。"对于这一点，葛新是不喜欢的，"一点隐私都没有。"

"阿姨也是担心你。她说你走不了路了，要我来帮你。"吴欢满脸真诚，"阿姨呢？"

"喏！"葛新指了指上头的那座寺庙，看起来还要绕一段距离才能抵达。忽然，她好像意识到了什么，"不对，那座寺庙所在的位置，明明已经很高了吧。"

"是不低，甚至可以说，还挺陡峭的。"吴欢仰着头，在一旁分析，他忍不住感慨，"阿姨的体力也太好了，我们年轻人都有些自愧不如了。"想起第一次见面，还是他背着桃姨下山的，不禁感慨，"和一个多月前相比，简直判若两人。"

"我也感觉变化好大，完全像变了一个人。以前她完全没有自己，现在可都是自己，总之我看到的是全新的一个人。"葛新忍不住评论一番。

第三章
爱意在悄悄荡漾

"阿姨特别努力，很有毅力。"

"噢！我想起来了，我说怎么觉得怪怪的。"葛新说，"她以前是有恐高症的，什么时候能爬这么高了？至少，上次去旅游之前我都还记得她还是恐高的。喊她去39楼茶餐厅喝茶，愣是不肯去。"这让她百思不得其解。

这番话让吴欢感到震惊，回想起第一次，在蓝河边的山上，阿姨不就已经爬上了那么高的山，站在那么陡峭的悬崖边上了吗？有恐高症的人，如何能克服心理障碍，走出那一步啊。他真想分享这个小秘密，和他心仪的女孩。可他不能说，桃姨叫他保密的。这也让他忍得很辛苦。本来他可以有很多话题和葛新说的。

"这么神奇啊！"他呆呆地来了一句。

"鉴于她把我的事往外说，我也要说她一次，她恐高到什么程度呢？看一眼高处就会头晕，就会腿抖，再也迈不动咯。"葛新永远记得，在她还很小的时候，父亲有一次把母亲逼到走廊，就在10层楼高的地方，他们在歇斯底里地争吵，语气里是那样绝望，假如不是她看见葛新一直盯着她，并用眼神哀求她，葛新想，母亲可能早就跳下去了。自那之后，母亲就有了恐高症，一靠近高的地方，她担心自己会失控。

"难怪。"这样说来，上次桃姨叫他背她下山，原来是这个原因。她的肢体已经麻木了，双腿不听使唤，要她在那样的状态下下山，怎么可能呢。只是他一直想不明白，桃姨有恐高症，为什么还要爬那么高的山，站在那里往外看呢？那不就是和自己过不去吗？

"难怪什么？"葛新听得一头雾水。

"难怪你说阿姨像变了一个人。"吴欢说，"可能是那个旧的人已经出走了。现在是一个新的人在她体内生长，或者说，这才是本来的她。原先的她被外部的环境压制到变形。"

"你说得很对。我之前也是这么想的。"

桃姨下山的时候，变得很快乐。她甚至哼起了小曲。

"妈，帮我求到一支好签了？"

"帮你上了香。本来是想帮你求签，问问你的姻缘的。但就在抓到签的一瞬间，我放弃了。"桃姨毫不隐瞒。

"为什么呀？"大家都感到疑惑。

"我想通了，个人的造化都是靠自己的，别人再怎么努力或者干涉都没有用。"桃姨说，"所以，我决定，这个事情我再也不管了。你随心所欲吧。"

原本只是轻轻崴脚，她故意做出浮夸的动作，被做成真了。葛新真的扭到了脚，那是不小心的。没走几步，就动不了了，她不得不趴在吴欢背上。吴欢像之前背着她母亲一样，把她背下了山。这个过程，让吴欢感觉两人的关系又近了一步。两人有了近距离的接触，在望向葛新时，他竟有了一丝丝羞赧。

夕阳照在两人的脸上，直到夜幕来临。

倾诉

就在葛新他们外出的那个清晨，老人们的晨操由尹月交给了雪妍，雪妍要替代尹月完成带领老人们开展晨练的任务。晨练结束后，容叔单独叫住了雪妍，然后从口袋里掏出一个小盒子，说："送给你，虽迟但到，生日快乐！"

这让雪妍惊喜万分。她从来没有想过老人会专门为她准备礼物。她拆开盒子来看，如果她对在大峡谷时老人捡的石头还有记忆的话，她就知道一切都是刚刚好。这块精美的吊坠，已经完全看不出原来那块石头的模样了，材质像一个琥珀，非常光滑，形状看着像火焰。她连忙说谢谢，又不敢收。"这太贵重了。"

"就是个石头而已。"容叔干脆地塞到她手里说，"对了，你是哪一年的？"

"1995年。"

"属猪。"容叔带着更深的期待问下去，"阳历还是阴历？"

"阴历。我们那里的农村都是过阴历。"

"噢……"容叔眼神里有了不一样的东西，他陷入了沉思。

在那短暂的时光里，雪妍似乎想起了什么。"容叔，您等我一下。"她快速回到房间，找到她的背包，然后打开一本画册，取下那张活页，又取下一个折叠画夹，把那幅作品塞进去了。"这是我送您的礼物。"那是上一次，雪妍偷偷画的画，容叔站在船头，望向远处的山。

"你还会画画？"容叔接了过去，那一刻，他毫不掩饰自己的开心。

"我跟别人学的，乱涂乱画，还在初学阶段。"

这幅画后来一直就放在容叔的床头桌上。

没什么事的时候，雪妍就会到活动室去，坐在椅子上看看书。下午，刚好魏老师也来了，他练了一下书法，雪妍就凑过去看。"写得真好。"雪妍说。

"其实就是练来玩的，活动筋骨而已，谈不上好。"

魏老师说的是实话，他练字是为了活动筋骨，他真正热爱的是上课，尤其是公益性质的课程，会让他觉得特别有成就感，他曾说过："站上讲台，会让人忘记衰老。"

雪妍了解到，魏老师从高校退休后，还兼着某人才学会的理事身份，不过很多常规的活动他都推掉了，只保留了每年三到四期公益课程。每次课程，他都会坚持上，有时还到处跑，每次都得折腾几天。

说到这个话题，魏老师告诉雪妍，下个月，他还得去F市讲一次交流课。他所在的人才学会与F市某协会对接了，在那边联合组织了一次交流课程。

"F市我去过。"雪妍说，"那边有一个麻风病康复村，我大学的时候去那里做过志愿者。"

魏老师向她竖起大拇指："雪妍，你身上有很多好的行为习惯和优良品质，是年轻人中的优秀代表。你怎么会想到要去做公益呢？而且都坚持了那么久。"

雪妍稍作思索，非常认真地说："因为我的生命，就是因善意而延续的。火种在我内心点燃了，虽然能力有限，但是我也想发一点光。"

"坐得有些累了。"他们走出房间，从院子出去，沿着左边的溪岸，慢慢地走着。这个话题在他们外出散步后继续。

雪妍的身世并不复杂，村里与她同时期的人大概没有不知道的。20多年前，在一个寒冷的冬天，一条泥土路旁，一块大石头后边，传来了哭声。人们凑近一看，有一个竹篮子，篮子里有一个女婴，她裹着单薄的被子，哭声持续了很久。那个地方位于两省交界处。当时，还有一些来来往往的小学生，有的胆子大的孩子，凑过去一看，然后直摇头："好丑呀！"

"看我的唇。"雪妍轻轻点了一下自己的唇面，"看不出来吧，以前是开裂的，也就是传说中的兔唇。"雪妍非常平静，像在诉说着别人的故事。

"看不出来哦。"魏老师说。

第三章
爱意在悄悄荡漾

"因为我的母亲。她为了我付出了一切努力,让我捡回了一条小命,让我在一个'微笑行动'中得到救助,现在基本上不太看得出来了。"

她的母亲,当时正在赶集去卖东西,路过听见她的哭声时,在那个寒冷的冬天,用双手把她抱起来,把自己的外套脱下盖在她身上,并在那之后给了她一生的温暖。她的母亲,在成为她的"母亲"时,已经快60岁了。雪妍的名字,是在她即将入学时,母亲找村里的小学老师帮忙翻字典找的。

为什么会突然说这些呢?雪妍也不知道。大概是因为她在魏老师身上看到和她一样的对公益的执着,她愿意坦诚自己。突然想到母亲,她感到一股暖流在涌动。与此同时,还有一股寒流袭向她,因为随之而来想到了母亲的离去。现在,她愿意把母亲对她,当初只是一个陌生婴儿的,毫无保留的爱,又回报到社会中去。尽自己的力,让世界多一点光芒,这样母亲就能在亮光里看见她。

珍姨这次回来后,变得比之前安静了,也不愿意外出跳舞了。前段时间和尹月拍了几个视频后,她把尹月当成了自己的"妹妹",送零食给她吃,还会故意在她身边多待一会儿,听她讲视频的事或别的事,还会拿一些有意思的视频和她一起看。现在设备还没修好,尹月身体也没好,拍不了视频,还有些心痒痒的。

"珍姨,你要不要去参加相亲活动?"尹月冷不丁问上一句。

"尹月,你吓我一跳,怎么会突然说到这个。"

"我看到有这方面的信息。就想着,珍姨这么美,又还年轻,要是能找一个伴儿,该有多幸福。"尹月说。

珍姨不知道怎么回复她。局促不安地搓着手,扭头去看别的。

"我知道，肯定是因为魏老师。"尹月笑了。

这让珍姨更加不好意思了。在公众场合，她也许可以随便这样开自己的玩笑，好像那是确定无疑的，大家都知道的，事实就是如此一样。但在这样私密的场合，她反而难以真实而准确地袒露内心。

尹月颇有一番打破砂锅问到底的架势："珍姨，您为什么会对魏老师动心呀？是什么时候开始的呀？魏老师身上是有什么特殊的魔力吗？能把我们珍姨迷得团团转。"一连串问个不停，直接把珍姨问得站了起来。

珍姨说："这么多问题，我一句两句，哪里讲得清楚呀。"接着又借口去拿水果，走出去了。

儒生进来了，他说已经做好尹月和珍姨一块创作和展示的视频，准备先发布1期出去。拿给尹月看时，他故意凑得近一些，两人的头靠得很近。而就在尹月转头时，一不小心就碰到了他的脸。气氛顿时就变了。两人的心都狂跳不已，脸唰一下就红了。

珍姨端了一盆水果进来，就看到这一幕。"哎呀，不好意思，我是不是进来得不是时候。"放下水果后，她转过身，做出蹑手蹑脚的样子，准备出去，"我什么都没看到哦。"

"没有啦。珍姨，快别闹了，儒生已经做好了我们的视频，刚才是拿给我们看呢。"尹月说，"珍姨像个大明星一样，很有范儿。您要不要也过来看看？"

儒生说："如果确定没有什么要改的，我就发布出去了。"

"发出去是不是所有人都看得到？"珍姨问。

"是的，还可以点赞、评论。"

第三章
爱意在悄悄荡漾

"那你们先看,有要改的再和我说。"儒生出去忙了,出门前还是望了一眼尹月,两人不经意间又对视了一秒。

屋内又剩下尹月和珍姨两个人。

珍姨坐了下来,反复看着自己的视频,脸上泛出了羞涩的神情。她的内心非常骄傲,要是在以前,她从来没有想过自己还能走上这样的路子,这个时代变化太快了,而因为年轻人的到来,让她感受了一波时代的潮水,给了她新的活力。

"魏老师也会看得到哦。"尹月看着痴笑的珍姨说了一句,"真让人羡慕,爱情的样子真美好呀。"

这会儿说到魏老师,珍姨已经能够平静下来了,大概在她刚才出门后,就努力去厘清自己的内心。她说:"为什么魏老师一直是这种态度,以前我一直想,问题的根源在哪里,刚才我又从头到尾想了一遍。我想,大概是因为相遇的时机不对。"

那是怎样的时机呢?他们的第一次遇见是在医院,距今已有近10年。如果珍姨没有记错的话,魏老师当时陪着他的夫人在治疗,看着他非常细心、耐心地伺候另一半,珍姨非常羡慕那位女士。她们是同一个病房的病友。相比起来,她人单影只,异常落寞,没有亲友可以在床前照顾她,她不得不请了一个看护。医生在查房时,当时不知道说到一个什么问题,说到可以适量喝点鲫鱼汤,对身体恢复好。

那次对话被魏老师听了进去,后来他在给他夫人带饭时,带了两份鲫鱼汤,一份就是给珍姨的。无论任何时候,他都表示,那只是举手之劳,成人之美,没有别的意思。可是在那样的时刻,一个无心的火把,温暖了她,并让她感动不已,当即就对魏老师产生了好感。她和他的夫人简单聊过天,知道他们是丁克家庭,两人没有孩子。可惜的是,他的夫人,没有躲过那场疾病，反复进了几次ICU，最后还是走了。

后来，又一次遇见，是珍姨受委托送一个姐妹的孩子去听课，返回时，在学校遇见了魏老师。珍姨记得他的样子，一眼就认出来了。她非常兴奋地走到他跟前，问候了他。反而是魏老师，被突来的问候搞得莫名其妙。珍姨那次生病后恢复得比较好，后期又更注重保养，每个月至少要去一两次美容院，饮食上也更注意了，她整个人的状态比几年前在医院的时候好了很多。

珍姨主动报了家门："我叫国珍，几年前在医院的时候，还喝过您煮的鲫鱼汤，还记得吗？"这一次相遇让她欣喜万分。原本她以为自己要单相思过完这一辈子了。可她还是重新遇见了魏老师，这正是她暗自期待的。一定是老天听到了她内心的祈祷，特别为她安排了这场相遇，所以她下定决心，无论如何都要抓住机会，留下他的电话，并且在后来保持了联系。旁敲侧击地打听到他的情况，知道他后来一直保持着单身的状态。直到等到他退休后，她还共同谋划了那样的组团养老，最终住到了一个院子里。珍姨原本以为住得近了，机会就更多了，但魏老师对她的示好从来都是无动于衷。她总是想追问为什么，又总是问不出口。就一直处于这样的"相持"的状态，这让珍姨感到痛苦，又无解。

听了珍姨的故事，尹月不再是一副嬉皮笑脸的样子，表情变得非常凝重，她说："这太震撼了，简直可以拍成电影。如果有机会，我得问问魏老师到底怎么想的。"

而在散步的雪妍和魏老师，谈话也在断断续续，雪妍说了很多，最后又说："怎么都是我一个人在说，魏老师也说说您呀。"

第三章
爱意在悄悄荡漾

"我没有什么好说的,就是你看到的这样,我没有孩子。未来呀,估计也就这样了,一个人走完余生。"

"那珍姨不是很好吗?据说她追求您很久了,您为什么不答应呢?您到底是怎么想的呢?"那一刻,雪妍大概是被尹月附体了,问了一堆。

魏老师没有回答。时间在沉默中静止,唯有流水不息。

> 项目落地，视频爆火……他们愈发相信，只要步履不停，梦想便触手可及。可人生起落无常，要屈服吗？要认输吗？还是奋起反击……

第四章 有起有落是寻常

转机

李义怀揣着满满的期待，走进那家公司。然而，他们历经一个多星期苦心制作的项目策划书却遭到了否决。接待他的是公司投资部新来的何经理，对方不留情面，说话直接且难听："这做的是什么玩意！""垃圾"一词早已在他的唇齿之间。李义充分感受到他未说出口的羞辱。

项目策划书是一块敲门砖，假如项目策划书没有通过，也就意味着项目失败了，前期所有的付出都将白费。他们为此已经费尽苦心，找了许多市场分析资料，还结合前期的调研作了整理，他们原本信心满满，不料却遭到当头一击。何经理才翻了前面一两页，就作出如此论断，这让李义非常受伤，感觉自尊心都被人踩在了脚下，还用脚板搓来搓去。

他全都得咽下，毕竟项目不能丢。意识到事态严重，李义尝试去解释说明："何经理，这个情况是……"

话未完，又被粗暴地打断。

"通过这个项目策划书，可以看出我们根本没有谈合作的必要性和可能性。"何经理又补充了一句，"这个事情兰总已经交给我来跟进了。如果连我这关都过不了，别的都别想了。"

"明白明白，何经理，这个只是初步的策划。这次来就是想听听贵公司的想法，我们会再进一步修改完善的。相信我，明天，我们一定能拿出让您满意的方案来。就再给我们一次机会，好吗？"李义的语气是多么卑微啊，就差把自己像踩一只蚂蚁一样踩到地上了。

吴欢在接到李义的电话后，也成了泄了气的皮球。他原本要送崴了脚的葛新去医院的，但葛新坚持不去。于是他们回到红阳苑。吴欢又忙着到厨房给她们娘俩热饭热菜。就在刚忙完坐下来后的两分钟里，李义给他打了电话，告诉他合作交涉的情况。

在那之前，吴欢隐约产生了那样的担忧，因为他开过公司，他始终觉得项目欠了点什么。所以，在听到消息后，吴欢并不意外，只是觉得有些无奈，希望落空，浇灭了他眼里残存的一丝亮光。他迫切需要这个项目成功，因为他迫切需要还债，否则他这辈子别想有一天安宁日子。和李义一样，他也倾注了大量的心血在这里。

放下电话后，桃姨察觉到吴欢的脸色变化，连忙问他发生了什么。他摇摇头，说没什么大事，就只是项目的一些问题，又叫桃姨别操心。

葛新是吃完碗里的饭菜后，才问吴欢的。"说吧，出了什么事,你脸色都变白了。"

餐桌上只剩下他们两人。吴欢欲言又止。他不太想诉说这些无力的事实,他想靠自己的努力让葛新刮目相看。但他做不到对葛新隐瞒,于是他摊开了说:"刚才李义打来电话告知,我们的项目策划书失败了。"

"对方真的想合作吗?"葛新说,"我们需要先确认对方的意愿,这样便于我们下一步行动。"

"没听他们说不想合作。前些天还一口气带着我们去了好几个地方调研。"

"那就证明问题出在我们这里,我们得尽力去调整。"

于是,葛新仔细地问起他们项目的情况,认真看了他们那版项目策划书,又让他拿来了那个公司的详细资料,认真了解了对方在调研中提到的想法。她说:"其实你们的项目创意是有了,但是在经营效益这方面做的测算很不理想,这可能与你们不太了解经营有关。投资公司不是只看噱头的,他们更注重效益,他们投入了资本,肯定要看回报的,通俗地说就是他们能从中赚多少。这个重点首先要盯住。"

"你的思路怎么可以这么清晰?而且能一眼看到问题的所在。"吴欢听着葛新一番点评,仰慕之情更深了。

"那是因为我也在商场摸爬滚打了些年。"葛新笑笑,"多少都练就一点金刚不坏之躯,一点点而已哈。"

晚上,等李义回来后,他们3人又围坐在活动室,细致地讨论了项目书里的每个细节,又逐一修改完善,反复论证。差不多到凌晨5点,他们终于结束。

"还好有你指导。"李义说,"希望能通过。"

"放心吧,这个版本比之前要好很多了。"葛新鼓励大家,

"其实你们的想法都很棒，合作方会看到这一点的。"

看到两人还忧心忡忡的模样，葛新又继续说："看得出来你们非常渴望做成这个单子，这样，明天我也一块去。我也帮你们加加油，好吗？"

吴欢和李义紧皱的眉头这才略微舒展开来。

"你明天不是要回去了吗？"吴欢马上想到这个问题，他担心葛新的时间被耽误了，回去第二天她还得上班呢。

"不碍事。办妥了再回也来得及。"

"都去睡一睡吧，和对方约了上午10点，大家还可以补一下觉。剩下的交给我。"吴欢说。李义负责主汇报，吴欢配合。接下来，吴欢还得做一个汇报PPT（幻灯片），再重新设计一套封面，之后去一趟打印店，等打印店开门后第一时间打印装订资料，提前给车子加好油。并且他要找尹月拿熨烫机，把大家的西装都熨一下。如果时间还够，他还得给大家简单地做个早餐。

第二天的会面和第一天相比，简直天翻地覆，彻底不一样了。特别是自从何经理接到葛新的名片后，就把葛新领到接待室了。何经理还迅速给兰总打了电话，兰总表示将在15分钟后前来参加座谈，于是座谈定在15分钟后开始。

就这15分钟的时间，李义和吴欢在走廊边上进行最后的排练。李义已经把项目策划书的内容背熟了。吴欢也作了很好的补充，再配合他们的PPT演示，这个汇报天衣无缝。而在稍后的正式汇报中，也充分证明了这一点。大家都为之鼓掌，兰总更是当场表示，项目策划书通过了，他们可以商谈下一步的合作事宜。

兰总甚至要留他们吃中午饭。葛新婉拒了，她说等会儿还要赶车,下次有机会再聚了。兰总和何经理把他们送到电梯。

"你真是我们的福星。"一走出公司大门,李义说,"谢谢你,葛新。你一出手,我们这事儿就成了。"

"是你们本来就很优秀。"葛新说,"像你们很少接触经营的,能做到这个程度,足以表明你们的学习能力和领悟能力都很强。我看好你们,看好这个项目哦。"

这只是个开始,这个项目真达成合作了,他们也需要按比例出一笔资金,这才是最让他们头疼的。

葛新崴到脚,走起路来还是比正常人稍微难受一些,有点半拖半走。但她都忍受住了。吴欢看见很不忍心,他真想走过去一把将她抱起来,可他哪里敢。他把李义支开去买咖啡了,然后走到边上问了一句:"要不我背你到车里去吧。"

"没事,我能走。"葛新拒绝了他的好意。

他们径直回到红阳苑。灿叔和桃姨已经准备好午饭了。大家都围坐着等他们。

"祝贺年轻的朋友,迎来了开门红!"容叔带头举杯,共同庆贺年轻人来到红阳苑后的第一个喜讯。大家都为他们高兴。

李义说:"感谢容叔,还有各位朋友、各位长辈的帮助和支持。都是大家的功劳。也别高兴太早哈,还有很长的路要走。"

吴欢说:"还要特别感谢葛新,大老远跑来,给了我们加持。"

这让葛新有些不好意思。她说:"我才是最该和大家说谢谢的,谢谢你们照顾我的母亲,看到母亲和大家一起生活得这么开心,我也感到开心。"她端起桌面的水杯,"我以茶代酒,敬大家一杯。谢谢容叔,谢谢大家!"

饭后,吴欢负责送葛新去车站。大家都站在门口送她。"有空再回来玩啊。"葛新朝大家挥手："会的,有机会我还会回来的。祝福大家,再见!"

年轻人要创业,老人们感到特别兴奋。在他们看来,年轻人就是要保持冲劲,保持奋进,社会才会进步,生活才有希望,就像他们年轻时也奋力拼搏一样,日子要过得好,每个人都要奋力添砖加瓦。如果是他们的儿女,假如一天到晚躺着什么事都不干,那样和蛀虫有什么两样?他们会看不惯的,也许早就将他们驱逐出去了。这几个来到红阳苑的孩子,都很不错,让他们越看越喜欢。

特别是韦老头,听到喜讯后,眼中大放光芒。一听说项目接下来需要启动资金,他在饭后偷偷拉着李义到一角,给了他一个信封。

李义一摸,顿时明白了七八分。他变得不安起来："为什么给我这个?这个我不能收呀。谢谢您老人家。"

"不要紧,这都是我这些年攒下来的。我都听说了,我知道你们急需一笔钱。我力量微薄,你先拿着。就当我赞助的。如果后面真的挣到钱了,你们想还给我也可以。能还我也会很高兴,因为我希望看到你们挣到钱,有出息,有出路。"韦老头也是个性情中人,上次他的事有年轻人出手相助,这份情义他记在心中,总想为他们做点什么。现在是时候了。他相信是值得交付的。

"不能收,这份心意我们心领了。"李义把信封塞回老人手上,说："这怎么能收呢,您好好拿着,要用的。钱的事我们另想办法。现在创业贷什么的,都很方便。我们再仔细斟酌研究,看看怎么来。韦伯伯不用担心我们。"

在目送葛新进站后,吴欢心中的柔情泛滥开来。

来到红阳苑后,他们的创业故事,总算在波折中向前了。

花开

红阳苑的院子中庭,园圃里有一株桂花树,还不到两米高。当第一朵桂花盛开,那小小、黄色的花蕾绽放,院子里传来那股如同蜜一样香甜的味道时,尹月的视频迎来了第一波流量。

那是他们改了10多次剧本,现场拍摄了十几遍,儒生精心制作了10多天,在无数个深夜,反复修改了20多遍后才呈现的作品。甚至可以说,无论后来什么时候再看,都不会过时,都会被称赞的。视频里风景的美、人的美、性格的美、对话的个性,他们模仿几个旧剧的对白,而后又串成一个新的故事,切合了时代,以及现代人的境遇。主演的深情演绎,加上特有的幽默元素,美中自带的反差。那绝对是儒生现阶段所发布的视频作品里的巅峰之作。

视频发布的那一刻,他们像点燃了一个烟花爆竹的导火索,等着绚烂地绽放。至少,从儒生的从业预判来看,他知道会火。所以他特地选择和尹月在一块,由尹月非常郑重地点击了发送键,两人坐在院子里,以吹风、望月的名义,紧张地等待着。

尹月的身体已经恢复了一些,珍姨回来后,每天都要帮她涂特制的药酒,她恢复得比预想中要快,不似之前那样痛了。躺得多了以后,她觉得头痛,所以她尽可能动一动。这么长一段时间不拍视频,生命中像少了什么一样,让她觉得有些浑身不舒服。但她也没让大脑闲着,在和珍姨拍了那一个视频后,她已经在构思下一个视频了,经过这些天的琢磨,基本思路已经成形。

第四章
有起有落是寻常

视频在很多个平台都发布了。原本是想等等看网络的动静和反响如何。尹月望着天上的月亮，忽然临时起意，她说："我们今晚不如作个约定吧？"

"什么？"

"这个视频发布之后，无论如何，今晚都不再去看了。"

"好。"儒生理解她的用意，当即就同意了。"次日起来，输赢自定。"儒生回想起自己小时候，交了卷以后，无论什么时候拿到成绩单，都先放一放。因为，卷子一交，已经由不得人控制了。不必惶惑地等待什么。借这个机会，让自己先平静下来，就是修炼内心的过程了。

儒生非常懂她。望月，闲聊，也不失为一种诗意的生活。

"没听你说过自己小时候的事呢。"儒生说，"听雪妍说，你俩小时候就认识了。"

"也没什么好说的吧。"尹月说。安静了一会儿，她接着说："小时候在农村其实挺苦的。你可能不知道我从小是在外婆家长大的，所以才和雪妍认识。放学后就去干农活。我们都是苦过来的。只不过，我们很争气，成为我们村那几年里仅有的两个大学生，而且又都是女孩子。我们还是申请了助学贷款，加上勤工俭学，最后才读完大学的。不过我们的性子很野，这可能和我们的成长经历有关。"

"会越来越好的。你现在的状态就特别好。"

"我和雪妍吧，我们就是天生的姐妹，关系特别好，好到什么程度呢？有种骨肉相连的感觉。就连她的母亲和我的外婆，也是在同一年走的。"

夜空变得静谧，尹月突然抽泣起来。说到去世的外婆，她突然哭了。这几年，她肆意潇洒，并不代表她毫无牵挂，她只是把那最亲的人放到心底了，偶尔喝醉酒，或者夜半惊醒，她就会想外婆，外婆俨然成了她的母亲，只是和雪妍母亲一样，年纪都大了而已。而她真正的母亲和所谓的继父组成了家，她从未去过。她也有了同母异父的弟弟。

在那一刻，儒生很想抱抱她。最后他只是用手臂搂了搂她那瘦弱的肩膀。用他手臂的力量传递着"他在"的坚定。"都会好的。相信我。"他说。

两人又静静地待了一会儿。

"回去休息吧。夜里有些凉了。"儒生说。

可能和气候变凉有关系，雪妍莫名其妙地觉得浑身酸软，很早就睡下了。尹月回房的时候，没有意识到这个问题，她以为雪妍只是白天出去逛，太累了。她躺下来的时候，又觉得似乎哪里不对，就伸手去摸了摸雪妍的额头。果然发高烧了！这让她心里发慌。她打了电话，叫儒生去卫生室找来退烧药，尹月叫醒雪妍给她喂了药。雪妍又迷迷糊糊地睡过去了。

尹月不敢睡，她在床边候着，给雪妍递了几次水，等她摸了摸额头，确认退烧后才睡下去。已经是凌晨三四点了。两人都睡不踏实。直到天亮了，才沉睡了过去。

次日，珍姨在外面敲门。"尹月，雪妍，起床啦。"平时，女孩们也会起得稍晚一些，大家一般不会吵她们。但这一天实在是太晚了，珍姨担心她们出事。儒生也在一旁，感到不安。被敲门声叫醒的尹月睁开眼睛一看，已经快11点了。雪妍还在睡，一摸额头，好烫，估计是又烧起来了。尹月行动还不是特别方便，她拄着拐，先去开了门。

"没事吧，女孩们？"珍姨快步走进来，一眼就看到还在床上躺着的雪妍。

"雪妍现在还在发高烧。"尹月说。

"吃退烧药了没?"

"凌晨给她吃过一颗了。不知道为什么现在又烧起来了。"尹月说,"宝来叔在吗,要不要找他来看看?"

"要不要送去医院?"儒生在门口问。

"你先帮我拿一点儿吃的进来,给她垫垫肚子,有白粥吗?"尹月问。

"好,有的,我马上去。"

尹月轻轻地叫醒雪妍,珍姨扶着她坐起来。

"有没有哪里不舒服?"珍姨问。

"妍宝,好一点了吗?"

雪妍觉得浑身发酸、肌肉胀痛,她想开口,发现喉咙痛得像被什么力锁住了,让她说话变得非常艰难:"睡一觉……就……好……了。"

尹月喂她吃了半碗粥,又给她吃了一片布洛芬,然后让雪妍继续躺在床上休息。

儒生给尹月发了消息,叫她出来吃东西。等她确认雪妍睡着后,才走出去。现在,每隔两三个小时她都要帮雪妍监测一次体温,确保真正退烧后,她才会放心。

"你一夜都没睡好呢。"儒生一脸心疼,他说,"眼睛很肿。"

"很明显吗?"尹月说。

"不影响你的美。"

"不要油嘴滑舌的。"

儒生帮她把饭菜热好了。现在,李义和吴欢都外出拼事业了。有些老人也出去了,院子里在家的人不多。所以,他得分外关注尹月吃的问题,生怕她饿着。

"你还记得我们昨晚的约定吗?"儒生说,"来吧,我一直在等你揭开谜底。"

"尹月,快看,你火啦!"这个时候,珍姨走了进来,她举着手机,上面播放着他们昨夜发布的视频。

尹月接过手机,点开那几个发布平台一看,有的地方已经评论上万,点赞上万,这是从未有过的。

这让尹月的内心躁动起来,浑身血液流动得更快了。如果不是身体没恢复好,她甚至想在草地上起舞。期待了那么久,这一刻终于来了。和儒生一样,她的内心是想传播美,传播一些正能量而有意义的文化内涵,她是抗拒恶搞的,她特别不能忍受那些故意诋毁或者故意丑化的东西,她绝不会称为"作品"。所以红不红,其实还不是最重要的,但是不红,他们就没有收益,这个事情就很难长期做下去,而他们想传播的真善美也很难持续。

珍姨为他们高兴,又反复看了几遍,然后鼓掌。

尹月说:"珍姨,这是我们共同的作品,是我们大家都火啦。我看到好多网友的评论,都夸您有古典气质美呢。"

珍姨嘿嘿地笑,又问:"下一次拍是什么时候,还能带上珍姨不?"

"那必须的。"尹月说,"下次要拍什么内容,我都想好了。珍姨回头想一下,下次穿什么衣服出镜,要最能体现美的那一款。只可惜,我身体还没恢复好。真想马上就拍起来。"

儒生静静地看着尹月,他在心里幻想着,要是能抱着她,在草地上旋转,该有多好。正如这个视频的爆火一样,他内心的情愫也不停地在发酵,他快要膨胀得爆炸了。

"对了,儒生,我们的拍摄设备不知道修好了没有?"尹月突然转头问儒生。

"快好了，预计就这两天可以去领回来，我再去问问。"儒生又说，"放心吧，你专心休养，恢复好身体再说。我们手上还有作品，还可以继续发。"

随着那一个视频的爆火，前面所有关于尹月的视频都被带起来了。广大网友关注到他们的账号，如同发现了宝藏一样越挖越深。这基本在他们的预期内。这之后，他们所有的拍摄都不再是小打小闹，而是正儿八经地在创作中谋生了。只是不同于一般的所谓"网红"，他们对产出有要求，希望既能走进受众的内心，又能传递积极的意义。这是他们达成的共识，也是将来一定要坚守的，把这个定位好，路就不会走偏。他们更有信心了。

自从尹月受伤后，经过这段时间的接触，她与儒生的关系更进一步了，只是谁都没有戳破那一层纸。任由那样的情感在两人身上，如拧开的水龙头那样，哗啦地流，谁都不去关。

转向

国庆节后的一个多星期，李义和吴欢作为合伙人开发的项目基本成形了，那段时间，为了项目能加速推进、加速落地，他们跑了很多家银行，找助农政策，整日在外奔忙。申请贷款的压力，也主要在李义身上。他们需要按照比例出资近50万元，并且主要负责长期的运营和管理。他们最终选中了靠近公园里的中药园西侧，园外差不多2亩的那块地，初步确立了多元化的投资经营模式。

在合同签下来的那一刻，李义和吴欢心里的大石头才落地。这是一个大项目，从前期调研，到策划，到最终落地，不到2个月的时间，全都拿下了，这让他们的自信心大大增强，也更期待了。

当然，他们所不知道的是，那家投资公司以及贷款的银行，包括项目的把关，容叔都悄悄和对方通过气。并且，还专门为他们请了一个律师，负责跟踪项目的风险防范和管控。有一些要求是通过合作方来传达的。而那个投资公司，也没有出资那么大比例，有一部分资金还是容叔出的，他与投资公司签了协议。只是，这些不好和年轻人说，他怕挫伤他们的积极性。这也是那段时间，容叔经常不在家的原因之一。他放心不下年轻人，又想为他们做点什么，就一直在背后默默地帮忙。这也是为什么项目能落地那么快的重要因素。

项目落地后，容叔松了一口气，他能做的都做了。雪妍因为重感冒，不得不在红阳苑多待了些时间。容叔每天都要去看一下她。同时期，宝来叔的身体也突然间出了问题，和雪妍的症状有点儿像，容叔干脆请了定点医院的医生来红阳苑，帮他们检查身体。红阳苑重视老人的身体健康，除定期的常规检查外，每年都要组织大家做一次全身体检。

为了避免交叉感染，尹月得从房间里搬出来，和雪妍分开住。魏老师提议，让儒生收拾活动室旁边的那一间空房，再叫人送一张新床来，尹月暂时就住在那间房里。但是儒生考虑到房间里没有卫生间，始终不方便，思来想去，他说："我腾出我住的那间屋吧，我去和李义住。"于是儒生就搬到李义那间屋子了。

人红是非多。尹月在网络上爆火后，电话也开始多了，许多麻烦接踵而至。先是亲生母亲打来电话，说她身体不好了，被医生诊断身子里长了瘤子，找她要钱动手术。弟弟呢，交了个女朋友，现在想在城里买房，叫她帮忙出份子钱。

"我没钱。"尹月说。

"不可能，你现在是网络红人了。你弟弟说，看见了你的很多视频都很红，说都是能变现的。"

尹月挂断了电话。她这事业才刚开始呢，这样的骚扰什么时候才能休止？就她的意志来说，她早就不想和那边所谓的"家人"有太多的联系，他们曾经那样抛弃了她，而今又想来压榨她的血汗。到了外婆家以后，母亲很少来看她。反倒是等她长大了，有挣钱能力了，又开始找她，打亲情牌。早干吗去了？现在，像狗皮膏药一样，怎么甩都甩不掉。

舅舅也给她打了电话。他还不知道她的情况，以为她还在原来的城市打工，就问了一下她的近况，然后说想在年内给她外婆二次葬，说："风水先生新看中的地，对她老人家更好，也能庇佑子孙。"问她的意见要不要葬，又说："你外婆最放心不下你了，会保佑你的。"还问她回不回来。她就说再看看吧，只要对外婆好，她都支持，又问他要花多少钱，然后她答应过一阵子会给他转点钱。"我现在手头紧，收入不多。"舅舅又叮嘱她注意身体，才挂断电话。这时，尹月的眼泪不自觉地就流出来了。虽然她外表看起来是那样坚强的女孩子啊，谁又知道，所有外在的坚强，都是她的盔甲罢了。有时她真想缩进洞里，不见天日，不理人声，不管那些乱七八糟的事。

最可恨的事还在后头，前男友也千方百计地联系上了她，还死皮赖脸地要一大笔分手精神损失费，还要跟她重归于好。否则，就公开她的照片。他什么时候偷偷地拍了她的照片？她不知道。她只知道受到了威胁。但她不能来硬的，否则，她的事业有可能就彻底被毁了。"渣男！"她狠狠地啐口水，用拳头砸了两下墙。

这还没开始红呢,苍蝇就在上头飞来飞去了。无尽的烦躁、无限的怒火涌上心头。她一直以为可以自由地控制自己的人生,如今才发现,都只是假象。

李义浑然不知尹月的处境。签下合同后,他变得兴奋起来。看着儒生在房间里剪辑尹月的视频,他忍不住盯着看,并且忍不住用手机拍了她的画面。

"太美了。"李义忍不住夸赞。

敏感的儒生顿时觉察到什么,他说了一句:"她不一直就这样吗?"

"对,一直这么美,从我看见她的第一眼,我就发现了。"李义说,"是我喜欢的女孩,我打算追求她。"

这句话让儒生原本在活动的手指变得僵硬,他停止了剪辑的动作。为什么这样的事情也会发生在自己的身上?以前,在电视剧里看到两兄弟或者是好朋友同时喜欢上了同一个女孩子,他还觉得幼稚。现在看来,是自己幼稚了。至少,这种可能性在自己身上是存在的,并且真实地发生了。

李义多少都有一些故意的成分。他担心预感成真,担心被抢先一步,这样起码占个先机吧。就算是竞争,也得两个人公平竞争。他得为自己争取一张入场资格券。尽管看起来不是太厚道。

李义又补充了一句:"以前,一直觉得自己没有能力给她更好的未来,所以一直在默默努力,现在可算看到曙光了。"他还叫儒生指导他,应该怎么样去追求女孩子。

儒生露出一脸苦笑。他没有说什么。而心里,早已翻江倒海,陷入了彻底的纠结之中。他和尹月的关系还未确立,就被

第四章
有起有落是寻常

扼杀在摇篮里了,就没有进一步的机会了吗?他翻来覆去,第一次在红阳苑失眠了。

李义是自己的大哥,这些年一直领着自己生活,他不敢想象接下来的撕扯。"暂时止步。"他作了一个痛苦的决定。他的大脑在失眠状态下变得紊乱,脑海里逐渐出现一幅画面,他的手被挣脱,尹月掉下了悬崖,两人越来越远了。

在那之后,他不再频繁而主动地去找尹月了。

苏瑾阿姨的身体逐渐变差。儒生到苏瑾阿姨那里去的次数就变多了。现在,整个红阳苑,儒生是苏瑾阿姨最信任的人。无论什么时候,无论儒生和她说什么,她总是听得很认真。有时,她是清醒的;有时,又不清醒。似乎有两个人在她体内切换。但是儒生有什么话都喜欢和她说,包括对尹月的情感。但是他不敢直接点名,只是说:"一个非常美好的月亮。"又问道:"假如没有了这个美好的月亮,那就会永久陷入黑暗之中了,是吗?"苏瑾阿姨点点头,呆呆地看着他。儒生又陷入了苦笑之中。

好在不断有新的事情去分散他的注意力。现在,账号已经开始对接一些广告商了。有邀请直播带货的,有想要植入广告的,好几家公司都在找他洽谈合作。这意味着带来收益,但也要选好品,否则稍有不慎,就会"翻车"。

儒生与尹月的主动接触变少了,甚至吃饭的时候,他也故意错开时间,有时他还外出,以洽谈之名,或者是看设备之名,实则是外出透气。自然也没留意到尹月的烦躁情绪和低落心情。

珍姨去找尹月的时候,发现了她情绪不对,就问她发生了什么事。尹月说:"没事,都是剪不断理还乱、陈芝麻烂谷子的破事。不去想就好了。"

珍姨也就没有过多地去问,她的心绪也似乎是受到了感染一般低落。之前,她听说魏老师要去一趟F市讲课,她请求魏老师带她去,被魏老师拒绝了。有那么一刻,她觉得应该死心了。终于,她下定决心,要去参加相亲大会。

"什么?您要去参加相亲大会?"尹月一听,还觉得诧异。尹月说:"之前您不是还坚决不肯去吗?想通啦?"

珍姨点点头,说:"我该死心了。是的,我也应该去追求属于我的爱情了。"

特别是,珍姨反复刷了那个她参与了出镜的视频的评论,只要是夸赞她的,她都用一个本子记录了下来。连着好几天,她都在断断续续地抄,后来一看,差不多抄满了一个本子。有些是夸赞她"很美,有古典那味儿了""说话也好好笑""一定是个有趣的人""又奶凶又直爽""旗袍穿得这样美""旗袍美女耐看,越看越好看"……这么多优点,哪里都好,这些连未见面的网友都知道,难道魏老师都没看到吗?她还特意推视频给他看了,谁知他竟然一言不发,也不点评。他这副榆木脑袋的样子,永远让她又爱又恨。她不想让自己再继续受煎熬下去了,所以才作了这个决定。

"你确定吗?"尹月问。

"确定,帮我报名吧。无论要多少报名费,我都出。"珍姨非常坚决。

"这个相亲大会,我不太确定是不是您想要的那种哦。"

"无所谓,报吧。"

秋日的风,吹着吹着,方向就变了,力度也变了。风是多么不可捉摸呀。

第四章
有起有落是寻常

突发

10月下旬，红阳苑发生了一件又一件大事，而且都是突发的。

先说珍姨，她外出参加相亲大会节目的录制，在一周全封闭的录制期间，主办方要求参与者先交手机出来。在出发之前，她特地把这个事告诉了大家，就是唯独不和魏老师说。她尽可能把自己打扮得好看，带了几身旗袍，因此很快就有了"旗袍阿姨"的美称。同一期女性中，她的气质至少在中上水平。

在录制现场，珍姨才发现，好多人的台词都是被设计好的。不同的女性，应该展示什么样的性格，或尖酸泼辣，或温柔体贴，或口吐芳华，或执拗顽固。总之，该说什么不该说什么，和哪一位男士牵手，或者不牵手，全都定好了。这让珍姨很不解，她当即表示："我们是来相亲的，不是来表演节目的。这样，我们怎么找对象？"她敢说真话。这让节目录制的场务，赶紧喊停摄像："这段不录。卡掉，卡掉。"然后又把珍姨拉过来，好好作了一番思想教育。

在接下来的一周，珍姨都成了节目组重点关注的对象，节目组的人生怕她捣乱。珍姨也是识时务的，她担心自己势单力薄，会被针对，危及自身安全，最后只是提了一些要求，还是基本配合地完成了任务。

没料想到，在节目上真的有一位中年丧偶的男士，一看到珍姨，眼神就再也没往别处放过了。他是冲着真爱来的，很明显，突破了台词的限制，多次向她示好。甚至在节目后，也努力找到珍姨，要到了她的联系方式。这让珍姨出乎意外。

再说说魏老师。也是在那一个星期，他要去F市讲课。那是很早就定好的。这一次,李义和吴欢都忙着项目的事,没办法再跟去了。雪妍的感冒好得差不多了,也不着急赶回去,就和魏老师说要一块去帮忙,还能学习,打打下手。

魏老师不同意:"你身体还没恢复好,别太奔波了,身体吃不消的。"容叔也不同意雪妍去,和魏老师的意见一样,还是建议她先把身体养好。

最后谁也拗不过雪妍,她决意要去:"我真心想做点实事,休息太久会憋出内伤的。"

在路上,两人还能闲聊,有个伴。雪妍还是很喜欢听魏老师讲话的,他很有思想,能解答她许多困惑。也有八卦的时候,雪妍冷不丁问一句:"珍姨去参加相亲大会了,魏老师怎么想的?"

魏老师不太想回答,但雪妍一直兴致颇高地盯着他,他说:"你这次出来,就是为了八卦的,是吧?"

"一讲到感情,哪个女孩都是喜欢八卦的。快说说嘛。又没有别人,我也不会和别人说的。"

"如果能找到自己的幸福,我也祝福。"魏老师的回答非常官方,雪妍不太能判断是不是出自他的本心。难道他就对珍姨没有一点点动心吗?太难懂了。看到魏老师不太愿意提及这个问题,她也只好作罢。

公益课原本进行得非常顺利,谁也没料到最后关头会出问题。课程已经结束了,大部分同学已经散去,还有几个好问的学生站在台上排队问问题。彼时头顶上的吊灯已经有了微微的晃动,只是谁都没留意到。雪妍提前叫了车,对方明明在不远处,但一直没找对位置,她只好去门口接应。在台上,魏老师即将解答完最后一个女学生的问题时,头顶上的吊灯就要掉下

第四章
有起有落是寻常

来了。反应的时间非常短，魏老师在最后时刻把学生推开了，但灯架还是砸在了倒地的魏老师身上，他的腰部和大腿被扎到，流了一些血。

女学生被突来的意外吓到了，她自己只是被碎裂的玻璃片划到，受了小伤，但魏老师就伤得重了。"没事吧？魏老师？"女学生努力地移开那个大型的灯架，发现移不动，又赶紧冲下场，一边打急救电话，一边喊场外的安保和清场人员。

雪妍进来的时候，撞上了这血淋淋的一幕。就在那么短的时间内，就发生了这样的事情，这太让人意外了。事后，她非常自责，怪自己没有保护好老人。

在珍姨、魏老师他们都相继外出的同时，桃姨也提出离开。她的车技已有提升，可以自己开车上路。进入秋天后，她隔天才出去练车和徒步。桃姨天天给葛新打电话，追问房车的购置情况。与此同时，她还约丈夫去办理离婚手续。好不容易磨到他松口了，她想赶快回去办手续，尽管可能只是丈夫想让她回去的借口。她下定决心，要离开红阳苑，办离婚手续是摆在第一位的，实在不行就启程自驾事宜，念头非常强烈，非走不可。不得已，容叔打了电话叫葛新来接她，葛新忙得抽不开身，最后只好委托吴欢。

吴欢也并不闲着。项目要落地的事务更多，现在灿叔都在努力帮忙，他们依然每天都忙不完。但他没办法拒绝葛新。葛新也知道，只要她开口，他是一定不会拒绝她的。葛新表示，腾出两天，来回就够了。"你送我妈妈回来，我一定亲自感谢你。"

"为什么突然要离开？"吴欢问桃姨。桃姨说，就是感觉特别强烈。总觉得是时候回去了。总是梦到丈夫不肯和她离婚，还要用铁链锁住她的手脚,因此,她想快点回去解决这件事。

吴欢感到莫名的悲戚,似乎桃姨是连接他和葛新的绳子,他每次联系葛新,总要讲一讲桃姨的事。如今,这根绳子要断了,他和葛新还有可能吗?不如,就借这个机会向葛新表白吧,否则,他有预感,这份爱就要失联了。那么他长久以来的努力,不也失去了其中的重要意义吗?他下定决心,并且马上着手,在目的地选好鲜花和礼物,打算伺机行动。尽管后来,他的意图失败了。

红阳苑唯一剩下的男生就是儒生了。听到魏老师受伤的消息,他陪着容叔第一时间赶了过来。而在儒生出门之前,苏瑾阿姨又突然跑出门,抱住儒生不撒手。似乎不愿放他走。他和苏瑾阿姨解释:"我只是出去一下下哦,很快就回来的。在家等我哦。"苏瑾阿姨才不情愿地松了手。这一切都是迹象。如果儒生没有出门,也许苏瑾阿姨就不会有后来的失踪了。

魏老师被送去医院了。再后来,初步认定为该校的安全事故,对安全隐患的排查整治不到位,最终导致了这场事故的发生。学校也派了人全程跟踪服务。万幸的是学生没事。否则,魏老师会内疚一辈子。

"老魏,你还是太拼了。安心退休多好,还要拼命讲课。"容叔还是忍不住吐槽他。其实,他也知道,魏老师一直靠讲公益课转移注意力,以此摆脱那要命的孤独感。

在葛新工作的城市,吴欢根本就没有得到开口表白的机会。葛新一个劲地感谢他:"感谢你照顾我妈妈,她一直说你就像他干儿子一样,我也觉得你像我的兄弟。以后有任何需要随时找我们。我们保持联系。"

他还要自讨没趣,要继续表白吗?他无法张口。这份爱,注定要失联。他感到痛心。心中的那一点点火焰,好不容易燃起来的,只是被风一吹,就立即熄灭了。他感觉到身体变得冰冷起来。

紧跟着桃姨离开的步伐,灿叔也离开了红阳苑,虽然他说只是暂时的。他在跟进项目的过程中,无意中在某个平台发现了那个红发女丹丹更新了动态,他决意要去逮住她,好追回他被骗的那笔养老款。

秋来,有叶落雨来的飘零之感。人声渐悄,院子的热闹和生机不似从前。

那批追债的人又来了,只是来得不是时候。他们决意要吴欢先还上一部分钱,说他们资金紧张,没办法再继续宽限下去了,不得不再次来到这里。吴欢不在,他送桃姨去往葛新的城市,归期未知。没找到人,那几个人就放下话:"天涯海角都别想逃,我们还会回来的。"

一下子,各种麻烦事接连发生,犹如黄叶在秋风中摇落,撒了一地。

尹月的前男友在网上要钱不得,便追来了这里,厚颜无耻地前来索要钱财。尹月把自己锁在房间里,根本不敢出门。无奈,尹月只好打电话给李义。

李义二话不说,马上从项目现场回来,抄起门口那根木棍,就要驱逐那个男人:"不要再来这里,否则我见一次,揍一次。打断你的腿。我不怕的。"为了加重威慑,他接着说:"不要敬酒不吃吃罚酒,老子根本不怕。"那个男人才灰溜溜地离开了。相比要钱,他更惜命。不过,谁知道他会不会再回来呢。相比于要钱,尹月更怕的是另一件事。一个人身体的隐秘,被毫无遮拦地在众人的眼中放大,那才是最致命的。

留在红阳苑的人不多，也就没有人留意到苏瑾阿姨是什么时候出去的。直到晚上，李义负责去房间送饭，才发现，苏瑾阿姨根本不在床上。

后来，只好去查监控，发现大概在中午的时候，一条狗闯进院子，苏瑾阿姨从床上起来，跟着狗出去了，而出了院子后，监控根本就无法查清人最后是去了哪里。李义急了，赶紧打电话给容叔。容叔建议他先报警。而后，他又试着打电话给珍姨，显示对方已关机。

从某种意义上来说，红阳苑陷入了混乱之中。

平息

珍姨绝对不会想象得到，才一周的时间，就发生了这么多事。因为她无法正常用手机与外界联系，她不知道魏老师受伤的消息。她知道了以后，就第一时间赶回来了。按照原计划，她除了参加节目录制，还要在那座城市多玩一周才回来的。

魏老师受伤的消息让她心烦意乱。尽管她已经下定决心，不再管魏老师个人的事了。但这样的事情发生了，她又不能坐视不理。她给雪妍打了电话，仔细询问情况。又马上订票，决定当天就赶往F市。

听李义说找不到苏瑾阿姨了，儒生也急了。容叔叫儒生先回红阳苑，要他回去找找苏瑾阿姨的去向。

容叔还要儒生带上雪妍一块回去，他发现姑娘这趟出行让本就没恢复好的身体被折腾得疲惫不已，看到雪妍总是一副非常内疚的模样，他就感到不忍心，一直安慰她说，不关她的事，是学校的安全问题没处理好，魏老师也绝不会怪她的。但雪妍不肯回去，表示要坚持照顾魏老师，直到他出院。"乖，听容叔的话,好吗?"

儒生也劝雪妍先回去。直到魏老师也叫她不必担心,坚持让她先回去,说她一个女孩子在医院也不方便。雪妍就不好再拒绝了。

其间,尹月也给雪妍发来了求助信息,不知道尹月发生了什么,总之看着她应当是陷入了某种煎熬之中。这也让雪妍极为担心。她悄悄打电话问了李义,才知道那个"渣男"来过的事,就更加不放心了。这些天,尹月的情绪陷入了从未有过的低落,她是能感应到的。

容叔劝她:"放心吧,我也会联系院方,尽快帮魏老师办理转院手续,这样离家近些,大家要照看他都会更方便。"

珍姨落地后,来不及休息,第一时间就去了医院,她心急如焚,只有看到魏老师的情况她才能放心。

容叔陪了几天,尽管有护工帮忙,但他的精神状态还是差了。看出珍姨的担心,容叔说:"所幸没有伤到要害。皮肉之苦得受一段时间了。没什么大碍。放心。"

珍姨说:"你去休息吧。换我来。"

容叔说:"还没吃饭吧,我去买点。正好大家都还没吃呢。"

走进病房,一看到魏老师躺在病床上的样子,珍姨的眼泪就忍不住落下来了。虽然她去参加了相亲大会,也的确有男士看上她了,但她没有心动的感觉。那个男士在跟她说话的时候,她听着听着,眼前的脸庞就会幻化,渐渐地和脑海里的人儿重合。除了魏老师,还能是谁呢?似乎所有的心动,都给了魏老师。除去他,她都快要失去心动的能力了。

"傻国珍。你哭什么?"魏老师发现进来的珍姨,想坐起来,发现很难,他身上好多地方都被绷带裹得紧紧的。一抽动就会痛。这些天，他也想了很多。人生真是短暂啊，假如就这样了却一生，还是有些遗憾的。比如，对国珍，他觉得愧对，不敢直面。

"你别起来，还受着伤呢。"珍姨心疼他。她走过去，看了看吊瓶，又帮他把侧到一边的被子放上去。

"相亲成功没？"魏老师是笑着问的。过去这么多年，他很少用这么温柔的语气和国珍说过话。现在看到她，他已经很难再像以前那样冷淡对她了，人生有多长，谁知道呢。

"你还说！"珍姨感到恼怒，"还不是因为你。你个榆木脑袋。"她说着说着，就又哭了。"要是成功了，你开心吗？"

"我……"魏老师转过脸去，然后说，"当然开心的。"

"可是，我不开心。"珍姨走过去，她扑在魏老师的身上，试图抱一抱他，在他耳旁悄悄地说，"你知道的，我谁都看不上，除了你。"

最开始，珍姨对他的情感就是在医院建立的，如今也是在医院彻底爆发，像极了某种轮回。只不过，这次躺在病床上的，不是她自己，而是魏老师。如果可以，她一定会给他做一份鲫鱼汤，像他曾经为她做的那样。如此，便能两清了，至少名义上是。

以前，魏老师听到她说这类话，总会马上阻止她。现在，无论她说多少，他都愿意听，他巴不得她多讲一些，他闭上了眼睛。国珍的音容笑貌，早已深深地印在了他的脑海里。被女孩们追问的时候，他也不敢叩问自己的内心。但他知道，他内心的阀门，早已打开了，洪水泛滥，涌进无数声音、无数面孔，最后都是国珍。他是看着她的视频入睡的，醒来后第一件事，也是看国珍的视频。睡不着的时候，就会反反复复地看，他已

第四章
有起有落是寻常

经看了无数遍了。知道国珍去参加相亲大会，既怕她不成，又怕她成了。可是，这些都不能说。他有他的顾虑。所有的这些，他在表面上都可以若无其事、云淡风轻，可他终究骗不了自己。

见魏老师不作声，珍姨又抬起头来，看了一眼魏老师的面颊，然后大胆地、轻轻地而又热烈地吻了上去！这是第一次，也许也是最后一次。如果他还是不接受，她将永远放过他。

魏老师非常艰难地，抬起另一只手，端着国珍的脸，仔细摩挲着。"国珍！"那是一声深情的呼唤。两人都泪如雨下。

"我怕我老了，独留你一个人在世上受苦。"魏老师说，"你还年轻，值得更好的。"

"不许再说了。你就是最好的。"珍姨再次将脸贴到魏老师的脸上。她等这一刻已经等得太久了。两人就那样静静地贴着，那是两颗心贴紧了。好一会儿，珍姨才把头抬起来，两人就那样静静地对视着。眼神里溢出的柔情，似那流水淙淙，源源不断。

容叔拿着饭菜走了进来。他感受到空气中有某些不一样的气息了。又看两人的表情，大致明白了几分，当然他只是暗自揣测着。这几年，他看着两人你进我退，又互相割舍不下。碍于种种原因，陷入僵局。魏老师这次受伤，谁说就一定是坏事呢。

红阳苑是他们3个一起创立起来的。他们3个人已经走过了一段时光，只是好久没有像这样，静静地坐在一块吃饭、聊事情了，尽管这次的场合是医院。无论是他们中的哪一个人受伤，相信其他两人都一定会这样陪伴着的。这是他们当初的约定。是最坚定的铁三角。但聊到红阳苑的事情，大家又陷入了某种忧虑之中。

儒生回到红阳苑，明显感受到尹月的故意疏离。以前是他主动避开，现在是尹月根本不想搭理他。反而和李义走得近了一些。这让他莫名地烦躁。有几个广告商谈的条件非常不合理，但他们一旦错失了机会又很难再来，他想以这个为由，去找尹月谈一谈，实际上只是为了见她一面，只是为了听她说一句话。但也被尹月拒之门外。

"再说吧。"尹月一个字都不愿意多说，她的语气是那样冷淡。很明显，以前红阳苑最快乐的女孩，现在闷闷不乐了。

一定是自己的原因。这让儒生感到烦闷，他恨自己。可是，他没有更多的时间去多想。

儒生得迅速行动起来去找苏瑾阿姨，这是一件同样让人焦虑的事。这个老人，虽然平时精神时好时坏，但是有什么好吃的，本来是分给她的那份，她都藏着留给他，有些食物他一看包装袋，都过期了，就偷偷地扔掉了。他和李义一块，重新看了监控，又分别判定了几个方向，两人分头行动，宝来叔、韦老头白天也找了一些地方，大家接着连夜出去找，也依旧没有找到。

吴欢不知道红阳苑短时间内发生了这么多事。他原本计划两天后就回的，可是葛新的拒绝让他十分失落。他一个人漫无目的地在葛新所在的城市里游荡，甚至偷偷去她的单位看了一眼，最终确认这座城市、这个人不属于自己，落寞之至，身心无所依，最终才决定回去。还有一堆债务要处理，除了他自己，没有人能拯救他。当然，他不知道的是，他的债务问题，容叔早就关注到了。容叔发现有一些涉嫌高息贷款的地方，虚高的利率，那都是不被法律许可的，容叔已经在私下里和那批追债的人交涉过多次了。

第四章
有起有落是寻常

容叔提前回来了。珍姨一个人在医院照顾魏老师。医院的事容叔已经打点好了，转院手续已经在办了，两天后魏老师就能回到当地的医院。

因为苏瑾的失踪，让容叔放心不下。珍姨也不放心，她和容叔说："苏瑾的命真的太苦了，我真不忍心看她出什么事了。"于是请求容叔先回一步，主持大局。

"这样下去，我们的红阳苑还有明天吗？"这是三人都担忧的事。

魏老师也和珍姨说："要不，你也一块回吧。我这里没事，找个护工就行，实在不放心，还可以找两个护工24小时轮换，花不了太多钱，反正就快转院回去了。"珍姨和容叔立即拒绝了这个提议。没有自己人留下照顾，谁会放心呢？

容叔一回到红阳苑，马上联系了当地的警方，又请求发动当地的民众。人多力量大，好过他们几个人漫无目的地找。儒生马上想到，应该发布一则寻人启事，并且附上了视频里一人一狗的截图。

天无绝人之路。第二天下午，他们收到了一个农户打来的电话，说是在自家的猪圈里发现了"疑似视频截图里的女人"。那个地方距离红阳苑10公里开外。儒生、李义赶去一看，果然是。猪圈里，那一条狗已经死掉了，躺在一旁。苏瑾阿姨窝在那里守着，浑身狼狈不堪，并且几近虚脱，嘴里发出非常微弱的叫喊："果果……"

儒生走上前，抱住苏瑾，不停地安抚她："果果在这儿呢。"

在这次寻人事件中，雪妍也外出参与了。中午的时候，她没有和谁说，只是悄悄地出去。她只是想帮一下忙，往大家都没去的方向走，也没想过，后来竟然遇到了那样的危险。她往诊所方向走，不料在一个小巷子被一个陌生的男人盯上，那男人的眼神有些怪异，一边看她，一边做一些不雅的动作，一路尾随她。并且男人越发大胆，直接上手，在一个拐角处试图把雪妍拽走。

雪妍大声呼救，用尽全身力量反抗。但那个地方僻静，又是大中午的，没什么人，所以她的呼救声并未被人听到。那个男人的脸已经变得畸形，如同禽兽一般在她眼前晃动着，并且力气很大，她的衣袖已经被拉扯到裂开了。

假如不是她的手刚好够到旁边垃圾桶盖上边的空啤酒瓶，并且用尽力气准确砸在了那个男人的头上，她真不敢想象会发生什么事。瓶子碎裂开来，她的手臂也被碎片割伤了。那个男人的额头流了血。趁他被砸得晕乎之际，雪妍快步脱离，飞一般地跑开，并且不走直线路程，而是穿插着走一些有障碍物的路线，尽可能地遮挡自己的身体。最后才回到红阳苑。

刚接到农户电话，年轻人都出去了。容叔留守院子，他当时正在门口，看到惊慌失措的雪妍，再看到她被撕裂开的衣袖和手臂上的血，忙问她怎么了。雪妍赶紧把门口拴上锁，然后哭着跪在地上，什么话也说不出来。尹月闻声出来，与雪妍抱在一起，不停地安抚她。

等雪妍平息下来，容叔终于了解清楚发生了什么事。他想马上出门，去收拾那个畜生。雪妍怕他出什么事，就哀求他留下来："容叔，别出去，我害怕。"男人们都不在家，她们的确会害怕。尹月听完她的经历后，头皮发麻，接下来较长的一段时间里，雪妍请求尹月尽可能陪在她身边，尹月点头答应了。

容叔安慰她："没事，没事，容叔陪着你。"他还说，"你放心，容叔一定会帮你主持公道，坏人一定会被绳之以法的。"

第四章
有起有落是寻常

　　容叔马上用手机联系了当地的警方。在警方的支持下，通过调阅了附近店铺的监控，才大致掌握到那个男人的样貌。不过他们没有直接的证据表明，那个男人对雪妍实施了性骚扰，作案地点正好是监控死角，存心作案的人是会特别留意这些的。

　　容叔想着怎么让那个男人受到惩罚时，没几天他就听到了一则好消息。那个男人从一个巷子出去，走到不远处，看到地上有掉落的钱包，左右看见四处无人，就跑过去，想捡起来，不料踩中了一个松动的井盖，井盖侧翻，大半个身子就甩进下水道了。如果不是他第一时间抓住了那个盖子边缘，也许会落入更深处。当时的行人不多，过了很久才有人把那个男人拽上来，他整个人一身污水，并且受了伤。"真是恶人有恶报。老天都看不下去了。"容叔觉得出了一口恶气。不过，他还得调查清楚那个男人是个什么样的人，以及找人收集他的作案证据，尽快让那个男人接受法律的制裁。不然，他也放心不下。

　　苏瑾阿姨回来了。看起来，她的精神差了一些，加上饿了两天，身子更虚了，整个人似乎已经随着那条狗去了另一个世界，久久没有回魂。这让儒生隐隐感到担心。

　　吴欢一回来，马上就到厨房给大家做饭。听到这几天红阳苑发生了这么多事，吴欢非常后悔自己没有早点回来。大家都默默地坐到桌上吃饭，也都变得安静了许多。饭桌上几乎没有交流。

　　容叔率先打破了沉默："这阵子发生了很多事。好在都在变好。苏瑾找到了，魏老师准备转院回来了，灿叔也给我打了电话说他在外头都好。桃姨也专门给我打了电话，她现在开启了新的征程，说是我们红阳苑给了她勇气，我们也祝福她。这是老人们的情况。"凝重的气氛才稍微舒缓开来。"都别这么严肃。"容叔接着说,"也许还有好事发生,据我观察,国珍和魏老师,有戏。"大家才会意地笑了。这真是一件好事。

过了一会儿,容叔继续说:"年轻人也在变好。据我所知,吴欢和李义的项目成了,新公司将在本月底揭牌。尹月和儒生的短视频事业也'守得云开见月明',继续加油。"于是响起了掌声,先是稀稀拉拉,后来变得热烈持久。

听容叔这么一讲,大家又都觉得充满了希望。不管怎么说,事情总算没有糟糕到不可收拾的地步。这难得的安心来之不易,那顿饭从冷、硬,变得格外暖、软、香、甜。

没有什么能比得上一大家子人坐在一块,好好吃顿饭的了。

当遭遇无端的恶意，当居所险些化为火海……或许人的一生总要与大大小小的风浪搏击，不妨再大胆一些，大步向前走，阳光总在风雨后。

第五章 期待那向阳花开

脱困

原本说魏老师没几天就会办转院手续的。其间，主治医生却在观察报告中发现魏老师有几项关键指标不太正常，担心他在转院过程中发生颠簸或者因其他情况引起恶化，于是建议他还是先留院观察，待情况稳定后再办理转院。

珍姨不敢疏忽，她最怕的是魏老师再出点什么事，于是连忙答应。后面还和容叔说明了这个情况。

无论是魏老师被砸伤，还是自己险些羊入虎口，接二连三的事给雪妍的内心留下了阴影。她总觉得意外离自己很近，危险对她虎视眈眈。她不太敢一个人走在街上。偶尔一个人走路时，总觉得背后有一双眼睛盯着她，每走几步，就要回头看一眼，她的神经处于高度警觉的状态。有时这样的紧张感还会传递到她的梦境，她会在漆黑的梦里突然看到一双瘆人的眼睛，就会突然惊醒。看到镜子里的自己，黑眼圈严重，雪妍苦笑一下，细细的眼纹也露出来了，精神越发憔悴。

雪妍搬回尹月房间一起住。她向尹月诉说心中的苦恼："我总是感觉很不安，又说不清楚具体是因为什么，总觉得惹上事了。"

"你是一个乖巧的女孩子，怎么会惹上事呢？你呀，别总是自己吓自己，心理负担太重了。"

"有一瞬间，我在想是不是离开红阳苑会好一些。"

"你想离开就离开呗，你是自由的。我们本来也没有说要在这里待一辈子。"尹月说，"不过，你真的想好了吗？直白点说，有些时候，我总觉得我们俩都像浮萍一样，在哪里都是一个人，没有固定的工作，还要付房租。我舍不得让你一个人在外面受苦，以后我的视频事业做起来了，我直接养你。"

看到雪妍没有反应，尹月笑嘻嘻地说："要不，你先找份工作？反正这里离市区也不算特别远。人呀，一闲下来，心里就会胡思乱想。你又不愿意跟我一块拍视频，要不，我叫李义带你去市区转转。"尹月说，"忙起来就好了，像我这样，根本没心思想别的。"

"也许你说得对。好吧，那我试一试，找找看有没有合适的工作。"雪妍说。

尹月忙于策划拍摄新视频，他们已经开始尝试接广告了，这是他们将视频变为事业的方式。对方要求在视频故事里不动声色地植入广告，是一种"软"处理方式。要求不违和，符合故事逻辑，又要很好地体现产品特色，而不仅仅是设计一个场景让产品"露个脸"而已。对于他们完全没有接触过广告策划

第五章
期待那向阳花开

的人来说,这不是一件容易的事。尹月乐于接受这样的挑战,她翻看了许多别人的作品,又在笔记本上写写画画,设计了一些思路,推翻了又重来,只有视频达到效果了,他们才能拿下合作,拿到广告费。她想通过自己的努力改变现在的生活状态。

至于儒生,她感受到了故意的疏远,便也以疏远对疏远,尽可能把他当作一位合作对象来进行日常中的相处。两人都倔强地不肯主动低头服软。

对于儒生而言,又何尝不是煎熬呢。夜晚辗转难眠,他只有在看尹月的视频时,两眼才会放光。

当天晚上,等到李义回来,尹月专门找到他,拜托他带雪妍出去找工作。

"小意思,包在我身上了。"李义说,"我们后面成立新公司,也要招人的,就是不知道她愿不愿来。"

"以我对雪妍的了解,她更喜欢做社会工作,那是她的向往和追求,她还为此还专门考了社会工作资格证。你先带她去转转,顺便放松一下心情,看看有没有合适的工作。"尹月说,"拜托你了,我知道你们现在也很忙。"

李义特地站直了,才拍了拍胸脯:"我办事,你放心。甭跟我李义客气。不过,得给我几天时间,我先把项目的事理清楚了。"

尹月和他击掌。这一幕刚好被儒生撞见,他心里不是滋味,只好悄悄地离开了。

在收到任务后,李义当晚就开始做功课。他在招聘网站上查找了许多页面,搜索了当地的社工机构,并且整理出了一个列表,将那些他认为条件还不错的机构列了下来,还比对了优劣势。他的时间非常有限,还得为公司的事发愁,这是眼下最急的事。可惜，他无法把这样的苦恼和尹月说。

那50万元是个难题。平均每人要筹集25万元，对于李义和吴欢来说，都是不小的压力。特别是吴欢，他对"债务"两个字已经闻之色变。他把希望寄托在李义身上，委托他去银行贷款，后面再共同还。但是他们没有什么可抵押的资产，银行流水也不多，就是搜集了各种政策的支持，他们最多也只能拿到30万元贷款，还有20万元的缺口。这一笔款不到位，合同就没法签，尽管他们已经在同步准备着公司设立和揭牌的事项，但是款项这个前提不满足，一切都会泡汤。

李义通过电话或者微信找了一些老同学和朋友，开始大家都还客套一下，一旦开口说到借钱的事，大家就会变得支支吾吾，话题不得不凌乱而潦草地结束。这是他早已清楚的事实。只是，他还抱着一丝丝希望，厚着脸皮挣扎着。到最后，他总共也才借到8000元。简直杯水车薪。他已经着急得好几天睡不着了。

吴欢更难。他本来就背负了债务，现在，很多朋友已经彻底和他断交了。他不怪别人，时运不济，投资不慎，背负的苦果只能自己来吞。他紧咬牙关，想东山再起，打一个漂亮的翻身仗，这是多难的事情啊！他还能开口再找谁？一说到钱的事，他感到绝望、窒息。比起李义，他更觉得苦不堪言。

在期限内的最后几天，吴欢先后接到两个电话。

一个是灿叔的。

灿叔告诉他，尽管没有找到丹丹，但他已经能坦然看待过去了，他会继续找的。他选中了一个地方，开始打工。"离开舒适区，全新的体验。趁着还不算老到走不动，多走走看看，我打算在这个地方干上一段时间，哪天不开心了又换个地儿。就像尹月说的那样,还是挺刺激的。"

灿叔又简单问了问大家的情况,最后他说:"我特地给你留了东西,你去我房间找。"

根据灿叔在电话里的指引,吴欢蹲在抽屉前,在一堆药盒里找到了其中一个绿色的药盒,从中掏出了灿叔所说的东西——一张银行卡。灿叔在稍后的电话里一并把密码告诉了他。卡里有8万块,那几乎是灿叔追回的养老钱的全部了。

吴欢一个堂堂男子汉,拿到银行卡的那一刻,忍不住埋头痛哭。

另一个是桃姨的电话。

那也是他的贵人,桃姨曾经在山顶上救了他一命,他手上还揣着她给的1万元。桃姨说:"葛新给我弄到一辆房车,我已经出发自驾了。还遇到同行的伙伴,感觉特别好。一点儿都不觉得自己老了,反而觉得好像回到了年轻的时候。"他真心为桃姨感到高兴,但又担心她一个人容易出问题,反复在电话里交代,一定要注意安全,注意身体。

在桃姨的电话挂掉没多久后,吴欢的手机里就收到了信息,葛新转来了10万元。"你们的桃姨交代我,一定要入股,这是我的入股金啊。你们赚到钱后要还的。"

在最后的关头,两位老人送来了"及时雨",这让吴欢和李义都长长地吁了一口气。与此同时,他们非常感动,也感觉到背负了同样厚重的压力,一定不能辜负老人们的心意。只许成功,不许失败——这是他们给自己定的目标。

离公司揭牌的日子越来越近了。李义去一趟市区,要做一些工作上的准备。他还专门带上雪妍,路上给她看了他整理好的资料。"看看有没有你心仪的机构,我们可以去试一试。今天的目标是争取拿到一两个面试机会。"

坐在副驾驶室的雪妍，看着李义为他精心准备的材料，又侧过头去看李义的侧脸，莫名地感动："你好细心呀。"

雪妍回想起第一次到市区，也是李义带她来的，当时在那个陶艺馆，两人配合孩子们做陶瓷，有说有笑，那个画面多么温暖呀。她的心里泛起了一丝涟漪，非常轻浅，但足以撩动人心。

那一次，因为时间较紧，他们一共去了3家机构，双方的需求没有匹配上，没有谈拢。李义安慰雪妍不要气馁，他说："不着急，我们慢慢找。找工作就像找对象一样，急不来的。"

这话引得雪妍开怀一笑。她说："我一点儿都不着急。我心里有数呢。"前半句是说给李义听的，后半句，可能是说给自己听的吧。

"正好这段日子，我和吴欢都挺忙的，忙着公司揭牌的事，还有项目的启动。事务多而繁杂，非常缺人手，你如果有空，也来帮帮我们呀，后面我们会给你开工资的。"李义说。

"好呀，好呀。"雪妍满口答应，"就是不开工资，我也愿意。"

看着情绪有些低落的雪妍，李义想找点法子安慰一下她。于是，他带着雪妍去了附近的一个游乐场，带着她玩了大摆锤等项目，雪妍紧紧拽住他的手臂，在颠簸和失重中放声尖叫，把内心的压抑尽情释放出来。

"我以前从没玩过这么刺激的项目。"雪妍说，"以前尹月也'强迫'过我，我都不敢玩。今天是破例了。"

听到尹月这个名字，李义的心情也会变好，整个人也会变得温柔起来。他问："她也喜欢玩这些吗？"

第五章
期待那向阳花开

"嗯,是的,她是一个爱挑战的人,心很大,总喜欢冒险,喜欢刺激,特别爱动。"看着李义听得津津有味,雪妍以为他是喜欢听她说话。话匣子一打开,就忍不住多说了些。"我跟她相反,我比较喜欢安静。"

在路过一家卖甜筒的小店时,李义问雪妍爱吃香草味还是草莓味的甜筒,给她买了一支,又说:"你们女孩子是不是都喜欢吃这种甜甜的东西?"他其实想问的是,尹月是不是也爱吃。

"当然,我跟尹月心情不好的时候,或者心情特好的时候,都喜欢吃甜的。生活已经够苦了,当然要吃点甜的啦。"拿到甜筒,雪妍心情突然变得好了起来,她递给李义,叫李义试一试,先吃一口。

对于这个过分亲昵的邀请,李义连忙摆手拒绝。

雪妍见他不肯吃,顿时也有些不好意思起来:"我哪里好意思自己吃独食呢?"于是她坚持也要给李义买一根。两个人一人举着一根甜筒走在路上,边吃边聊,雪妍早就把面试结果带来的失落感抛在脑后了。

在返程的路上,雪妍看到夕阳在远山降落。举起手机想拍照,发现效果不太好。便说:"能不能停一下车,放我下来,这个画面太美了,我想把它拍下来,回去给尹月看。"

"可以,这个夕阳下山很快的。你得追着它跑。"李义笑着说,然后把车子稳稳当当地停了下来。

雪妍下了车,原本她是挺想让李义陪着自己的,美好的时刻就应该与美好的人分享。但又开不了口。偏偏李义不解风情,他想着用不了太久,就和雪妍说:"你慢慢拍,我在车上等你。"

雪妍有一点点小失落,但还是下车拍照了。她特别喜欢看夕阳，那是时间的流逝，如果能和李义一起看就更好了。从日出到日落，她总觉得太阳是挂在天上累了，去了更美的地方休息，夜晚的天上星星眨着眼睛，就像母亲在天上看着她，守护她。

看到前方有更好的角度，她就稍微多走了10多米，只为了让一棵柏树入镜。沿着草坡，还有一些嫩黄色的草和白色的小花，在夕阳的映衬下，温暖、安静且美好。

眼前的景致只属于当下，错过也就错过了，人也是。雪妍不知哪里来的勇气，她跑过去，把李义拉了下来说："过来，我给你拍个照。"

李义感受到她内心的喜悦，不忍拒绝，又听她说："这里的风景非常不错，你当模特，我给你拍下来，拿回去给尹月看，她以后肯定喜欢到这里来拍视频的。来，笑一下，哎，换个姿势，好，再拍个背影。"

听到"尹月"两个字，李义怎么会不配合呢？岂止是配合，他心甘情愿，摆出好几个姿势，笑得非常温柔，露出八颗牙齿，心想着要让她看到他阳光的样子，她会不会心动呢？

他不知道的是，已经对他心动的女孩就站他眼前，并且在后来反复地看着他的笑脸，把他深深地藏在内心里。

认亲

已经有较长一段时间了，尹月和儒生都不怎么说话。假如儒生不主动，她是万万不会主动开口的。这对于两人来说，都是一种煎熬。

怎样去打破这样的僵局？不知道。

儒生外出了，不知道去了哪里。闲来无事，尹月觉得有些烦闷，突然就想去苏瑾阿姨的房间，想去看看老人。那毕竟是最亲近儒生的老人，靠近老人也是靠近儒生的一种方式吧。

尹月去看望苏瑾的时候，她的状态不算太坏，她怀里抱着一个狗狗公仔，那是儒生送给她的，然后靠在床头哼唱着不知名儿的曲调。

"阿姨，那是果果吗？"尹月问。

在苏瑾这里，"果果"是个暗号，似乎是对上这个暗号就是自己人了。

"对呀。我的果果。"

"那阿姨还记得我是谁吗？"

"你是谁？"顺着她的话，苏瑾问。她的记忆出了偏差，有时候记不得人，偶尔又能对得上。

"我是尹月呀。"

"哦，我知道了，你是月亮。"苏瑾突然笑了一下说，"一个美好的月亮。我们果果说的。"

那会是儒生说的话吗？尹月就想象着，平时儒生和苏瑾阿姨相处的细节。她走到床头，离苏瑾阿姨更近了一些。

"月亮的辫子很好看，像一节一节的流星。"苏瑾看了看尹月的辫子说道。

"阿姨说得这么美。那我也给苏瑾阿姨编个辫子？一模一样的，肯定好看。"尹月突然来了兴致。

苏瑾阿姨竟然听懂了似的，乖巧地点了头。

于是尹月开始慢慢地给苏瑾阿姨梳头发，并细心地编起辫子来。等到辫子编好了，又给她拿来镜子，一个劲儿地夸她好看。

"月亮真好看。"苏瑾说。

看见苏瑾阿姨开始打哈欠,尹月说:"阿姨快睡一会儿。"就扶着她躺下了。然后站起来,准备离开。

儒生不知什么时候已经站在了门口,他原本是想进来的,看到尹月在,刚想往外走,但两人的眼神还是对上了。尹月看了他一眼,神情复杂,没说什么。儒生想开口,也不知要说什么,于是两人就在沉默间擦肩而过。

山雨欲来风满楼,情绪堆积到一定程度,就像气球里的气太满,总要爆炸的。回到房间,尹月就再也不愿出门了。站也不是,坐也不是,找不到释放的口子,尹月觉得浑身难受。

好不容易盼着雪妍回来了,雪妍根本没有留意到她低落的情绪,而是一个劲儿地和她分享了外出的见闻。来到红阳苑后,尹月还是第一次看见雪妍这么滔滔不绝,似乎她的嘴巴变成了一头小狮子,在无边无际的旷野里奔跑、叫唤。面试见了哪些人,说的哪些有意思的话、尴尬的瞬间,还有在游乐场玩大摆锤的刺激体验,吃的香草味的甜筒和之前吃过的有哪些不同,还有新发现的草坡。

"下一次,你也去,吃好、玩好、风景好,人就有好心情。"末了,雪妍和她说。

"可是,我没有什么好心情呢,妍宝。"尹月说。

"为什么呀?"雪妍以为是那个前男友又骚扰她了,"是不是因为那个渣男,李义不是已经把他打跑了吗,他还敢骚扰你?"

"哎呀,不是他,就是莫名的烦躁。"尹月真想接着问一句:爱情是不是真的很让人烦恼?但是她没有说。那些心事,就在她自己的内心里翻来覆去,得不到确认或者否认,悬在半空中,上又上不去,下又下不来,拧巴死了。

"不是他就好。"雪妍松了一口气,她虽然没有仔细地去感受尹月的心情起伏，但还是不希望她有事。想到李义，雪妍的心思又漾开了："说到李义，感觉他还挺仗义的。"

尹月亦没有心思去仔细体会雪妍早已荡漾的心情。她沉浸在自己的苦恼和烦躁中："妍宝，今晚陪我喝酒吧，我们偷偷地喝。"

"你要喝酒？为什么啊？"雪妍惊得下巴都要掉了，"再说，我们哪里有酒。"

"哪里有那么多为什么，就是想喝了，你就陪我嘛。"尹月说，"酒我有，早就收藏了，只是好久没喝了，红的有，白的也有。"

尹月最开始收藏那些酒的时候，绝对没想到自己有一天会有这么强烈的愿望要喝上它们，当初纯粹只是因为瓶身好看。

"行，那我就舍命陪君子吧。"雪妍答应了她。

"我可不是什么君子。我是月亮。"尹月说，她心里想，那应该是儒生说的吧，他是说得出来那样的话的，对，只有他才说得出那样的话，只是为什么不能当面对她说呢，这很难吗？想到这，嘴巴变得苦涩起来，她幽幽地说："是苏瑾阿姨说的，一个美好的月亮。"

"一个美好的月亮"，雪妍突然想，如果李义站在那个草坡上，月亮就在他的上方，他的影子在草地上拉长，她就站在他的身旁，月亮同时照在两人身上，那会是什么样的感觉呢？跟李义相处的那些细节突然变得热烈起来。

两个女孩子怀着各自的心事，一杯接着一杯地喝了起来，本来酒量就不好的她们，很快就醉得不省人事。

第二天两人很晚都没有起来。吃早餐的时候，吴欢以为她们要睡懒觉，就没有叫醒她们，吃完就和李义还有宝来叔一块出去忙项目的事了。

已经中午了,两人还没起来,儒生去敲门,想叫她们吃中饭,依旧没有得到回应。容叔问起,觉得不对劲,也过来跟着在一旁敲门,一直没见回应,容叔着急了,他朝着儒生说:"不会真的出了什么事吧?你去找一下备用钥匙。"

"嘭、嘭、嘭"敲门声持续了五六分钟,尹月才惊醒,头痛不已,有炸裂的感觉,从持续的"嘭、嘭、嘭"声中意识到有人在敲门,她回了一句:"等一下!"

发生了什么?我是谁?我在哪里?今天是什么日子?尹月把头一晚喝酒的事忘得一干二净,此刻她的意识一团混乱。

门外的人等了很久。屋内的情况糟糕极了。倒地的酒瓶,还有零食、花生壳,有一个酒杯还打碎了。天啊,昨晚发生了什么。雪妍靠在床边睡着,衣服、四周都是呕吐物……房间里的味道难闻极了。

"妍宝?醒醒,醒醒……"尹月去叫雪妍,雪妍似乎还陷入在深度睡眠中,没有醒来。

门外的人还在等着。似乎不放心,那"嘭、嘭、嘭"的声音每隔几分钟就要响一下。

"等一下。"尹月又重复了一下。

"没事吧?"门外是容叔关切的声音。

"没事。等一下哈。"尹月又重复了一遍。

真是急得不行。看到屋内的凌乱情况,尹月的头更疼了,炸裂的感觉更加强烈。尹月只好忍着,起来找雪妍的毛巾,帮她擦了脸,又帮她找来睡衣,给她换上,费了好大劲,才艰难地从后背,揽住她的肩膀,把她拖到床上去。

打开窗,让空气透进来。尹月又手忙脚乱地去收拾屋子,把所有的垃圾清理到一个角落，倒进袋子，再把地面拖干净，屋里总算整洁多了，但那股味儿一时半会还消散不完。尽管尹月浑身不得劲，但她还是尽可能快速地做完这一切。门外的人等得焦灼，也不知道发生了什么事，因此并未离开。

打开门，酒精的刺鼻味儿还是传入了容叔他们的鼻子，作为一个在商界摸爬滚打多年的人，这个味道早已牢牢嵌在他的身体里，他太熟悉了。

"怎么回事？你们还喝上酒了？"容叔问，其实已经是肯定并且带着斥责的意味了。

"心情不好呗。"尹月说。她看向儒生，儒生的眼神里明明写满了担心，可他就是不敢看她，还一下子把头低下了。他在躲闪。

听她这么说，容叔也不忍心继续斥责她了。但容叔还是忍不住又讲了几句："喝酒伤心又伤身，你们女孩子家家的，不要碰，以后别喝了，清楚了吗？"

"嗯。"尹月又看向儒生。儒生依旧没有抬起头来。哼，你就做缩头乌龟吧，一辈子就缩着。

"雪妍呢？"容叔问。

"还在睡。"尹月说，"叫不醒。"

"叫不醒？"容叔心头一惊，"坏了，不会是酒精中毒了吧。"

"中毒？"尹月说，"不会吧？我还以为她是醉酒了，再睡一下就好了。"

"我可以进去看一下她吗？"容叔问。

"可以。"

这一看，容叔就着急了，连忙拨打120把雪妍送去医院了。

尽管后来证明是虚惊一场，雪妍确实醉酒了，好在问题没那么严重，但是容叔还是明令禁止女孩们私下偷偷喝酒。要喝酒可以，但是要大家在的时候喝，喝多少要控制量。说了不听，就别待着了。狠话说到这个份上了，就是不想女孩们发生什么意外。

"你们是运气好，福气大。多少喝酒喝死人的案例，你们没听说过吗？我特别害怕你们出事，千万不能在我们这出事，明白吗？"容叔很心痛，"你们年纪还那么小，有什么事是想不通的？还需要通过喝酒来宣泄？"

"以后我们肯定不偷喝了，容叔。"雪妍用虚弱的语气做出了保证。她们也不知道那晚怎么会喝成那样，大家在醉酒状态又说了什么胡话，全都不记得了。

"我一直把你们看作自己的女儿，所以不允许你们再出事，你们跟我来。"担心女孩出事的时候，容叔就做了一个决定，等女孩们恢复了清醒，他得把自己的心意告诉她们。

两人跟着容叔回到房间，他打开柜子，在最上方的抽屉，取出了一个匣子。那是他最珍贵的宝贝。打开匣子，里面有20多条整整齐齐而形状和材质又各异的宝石项链，都是他每年亲自去各地挑选的。那天他送给雪妍的，正是这里面的其中一条。

"这些呀，都是我送给我女儿的生日礼物，每年一条，都不重样。都是我当年到各地找的石头，或者是当年买的。就是不知道她喜不喜欢。"到今天，他已经能坦然地说出这些，说着说着，老人的眼角湿润了。

女孩们不知道说什么，就默默地听着。她们不了解老人的往事，更不知道老人内心的隐秘。雪妍感性一些，也忍不住跟着掉泪。送不出去的礼物，一定是因为这人不在身边，她是这么想的。

"她来过,她又走了。"老人抚摸着匣子,满是不舍。

"不过,她一定是知道我内心的孤苦,特地派了你们过来陪我生活。有时候我都会有一种错觉,觉得你们就像我的孩子一样。"容叔说,"特别是雪妍,我告诉你一个秘密,你们两个是同年同月同日生的。你出现以后,我就不那么难过了。所以,我特别不希望你有事。"

"容叔!我们早就是一家人了。"雪妍感动得说不出话来。

"对呀,我们早就是一家人了。"尹月轻声安慰着。3个人用手背搭着肩,围成一个圆,任心绪流动,无声地相互陪伴着。

"现在,这个匣子都交给你保管。"容叔递给雪妍。

"这样不好吧,这么贵重。"雪妍连连摆手,她不敢收。

"你就替老人保管嘛。说起来,这是你们父女俩的缘分。"尹月非常懂得探究人心,她说出了老人想说的话,"要我说,干脆从今天起,你就认容叔作义父吧。多好啊。你都不知道,看见你昏睡不醒的时候,容叔有多着急。"

"容叔您说好不好?"尹月转过去问老人。

"当然好。我求之不得。你们两位女孩,我都喜欢得不得了。"容叔的声音颤抖着。就是不认,他也会把她们当作自己的女儿那样对待的。这是他内心的想法。

"放心吧,容叔,我们以后会好好对待您的。"雪妍说的是实话,除了母亲,她没有在任何人那里得到过家人的温暖。她接过匣子,表示会像珍视自己的生命一般,珍视这个匣子。

"乖女儿。谢谢你们。"

起火

因为雪妍受到骚扰的事,容叔一直在关注那个男人的情况,担心他再做出什么对雪妍不利的事情来。后来,从各方收集到的信息来看,也基本调查清楚了,那个男人不知道从什么时候开始精神失常的,精神时好时坏,有时什么都清楚,有时又什么都不知道。真真假假,让人难辨。自从上次掉进下水道之后,据说行为变得更加失控了,有一次在街上骚扰女性,当场就被人报警送进了派出所。后面的调查情况,他就还未得知。这种人,就应该管制起来了,大概率是要送到精神病医院去的。这样一想,容叔才在心里长舒了一口气。

魏老师终于转院回来了,各项指标终于恢复正常,他的身体更消瘦了,但是精神状态整体还不错。珍姨连着照顾他半个多月,整个人也跟着消瘦了不少。这也让魏老师非常心疼。他几次说要请护工,都被珍姨拒绝了。她不愿意别的人来照顾他,总是怕照顾不到位。现在,他们的眼神一对视,都散发出非常迷醉人的甜甜的气息。对珍姨来说,这样的感情来之不易,她沉浸其中,不想错过一分一秒。

这些天发生在红阳苑的事,容叔都没法告诉他们。他们每次问,大家都说挺好的,他们也不知道发生了这么多事。这些事在以前,是想都不敢想的。

雪妍和尹月因为没什么事,就第一时间去市里,到医院看了他们。雪妍一看到魏老师,就觉得非常内疚,想到近期发生的事,有种"人在家中坐,祸从天上来"的悲观,忍不住落泪。平静下来后,她让珍姨回去休息,换她来照顾魏老师。

第五章
期待那向阳花开

到了自家人这里,珍姨没有拒绝,她说:"也好,感觉自己都快馊了。要回去拿几套衣服来换洗。"她简单收拾了一下,就准备回去了。她表示,会很快回来,到时给大家带饭。太久没回家了,前前后后算起来,已经快有一个月了。

尹月陪着雪妍一块在医院待着。她们和魏老师说着近期发生的事,比如苏瑾阿姨在哪里被找到的,吴欢和李义怎么筹到钱的,公司揭牌的日子马上就到了,等等,就挑好的来说,不敢说不好的,说来说去,也发现没有太多好说的了。

魏老师看着她们,心情非常好。他觉得这次去F市,虽然意外受了伤,但总归是祸福相依,整个人似乎褪去一身旧皮,变得焕然一新了。现在他说话的口吻变成了,"你珍姨,你们珍姨,怎么样,又怎么的"。让女孩们听得会心一笑。

尹月说:"魏老师,你和珍姨什么时候办事?"

说到这个,雪妍也凑近了去听。

"你们这两个丫头,还是这么八卦。"魏老师说,"我其实最近也在偷偷想这件事,我是这么想的,等我病好了,我们一回到红阳苑,就办喜酒吧。你们觉得怎么样?"

两个女孩拍手叫好。她们高兴得跳了起来:"好极了!红阳苑终于有喜酒喝了。我们都等不及了!"这份喜悦是真心的。进入暮年之人,还能找到真爱,足以让她们感动得潸然泪下。

珍姨回到红阳苑,总觉得有哪里不对劲,又说不上是为什么。老人们都不在家,家里静悄悄的。珍姨先是去看了苏瑾,苏瑾的精神正处在不太好的状态,整个人的目光有些呆滞,也不知道在看什么,有些瞬间,连她国珍是谁也不认识了。珍姨感到有些心酸,又扶着她躺下去。苏瑾就那样睁着眼看天花板。

接着,珍姨去了厨房,在冰箱翻来翻去,找出了一袋排骨。她将排骨洗干净,焯水后丢进高压锅煮粥,然后又拿出几个鸡蛋,算上女孩子的份,准备做水煮鸡蛋和水煮青菜。她没有什么厨艺,平时几乎不下厨,只会做这种简单款的。鸡蛋和青菜都捞出来后,就放进保温盒,就等排骨粥了。就连厨房,她都感觉似乎好久没有人用了,比如白菜已经发软了,外边几层叶子都蔫了,她摘掉了好几层,最后才留下了一点菜心。最近大家都这么忙了吗?都不在家里吃饭了?总觉得院子里的人气不似从前那样旺了。

她回到房间收拾她的衣服,并且洗了一个热水澡。随后又去了魏老师房间,收拾他的换洗衣物。现在天气越来越冷了,她多拿了两件外套。

整理完这一切后,她再次去了厨房,装了一份粥,送去给苏瑾。其余的打包好,就出门了。出门时,她又回头看了一眼红阳苑的大门。她将在红阳苑和医院之间两点一线地走过一段日子。她没有料到,就在她离开没多久,红阳苑就发生了火灾。如果不是吴欢和宝来叔及时回到家,并第一时间扑灭了火,兴许红阳苑就要毁于火海了。

如果红阳苑的安全隐患没有被排查出来,并且进行整治的话,容叔是要担责的。安全无小事,好在没有人员伤亡。后来,了解到是珍姨回去用了厨房,因为没有及时拔掉电磁炉的电线,旁边的花生油瓶倒下后,启动了按键,那个电磁炉又因使用得久了,并不灵敏,就自动跳键了,最后油滋滋作响,烧了线路,导致起了火。

"原来是这样。"容叔这才松了一口气。他一直怕有人再拿红阳苑做文章，因为红阳苑是被曝光过的，如果一直有人在盯着的话，就有被取缔、注销的可能，那样红阳苑的处境会非常艰难。

珍姨感到很自责，一直在跟容叔说对不起。

容叔说："我真高兴是你，而不是外面的其他人。"

容叔说的是真的，真希望在大自然的寒冬来临之前，红阳苑可以恢复往日的安宁。

韦老头回家了一段时间，再回到红阳苑的时候，已经十分沉稳了。看起来，他把家里的事情都处理得比之前好了。韦老头和魏老师是这么说的："不纠结于过往，不逃避现在，不畏惧将来。人应该要和自己和解。不要被外事外物所束缚。"

一个人的意识觉醒也分很多个阶段的。要突破自己织就的网的束缚，不是一件易事。后来，韦老头拉着儒生说，他也想参与到视频拍摄的事业中来，并且谈了很多想法。那是可以尝试的，一颗石子丢进水里，能激起多大的涟漪，要丢了才知道。万一那不是一般的石子，能足以炸出满池的鱼呢？就应该去尝试。儒生听了以后，也觉得很振奋。他想第一时间去找尹月。

可是儒生站在尹月的房门前时，却再一次徘徊了。该说什么好？应该怎么面对她？两个人的事业还能持续吗？他不知道。这段时间发生了太多事，他都不敢直视尹月的眼睛。尹月又是怎么看待自己的？两个人又会走向什么样的境地？

似乎有千千万万只蚂蚁在咬噬着他，让他浑身发痒、难受，无法摆脱。他看到尹月为苏瑾阿姨编的辫子，就忍不住去抚摸，仿佛那里还残留着她手心的温度。然而当他看到尹月喝醉的样子，他的心在滴血。可是，他还得表现出来不在乎、不关心的样子，他为什么要这样做呢，那根本不是他的本心。

这段时间，他已经有多少次徘徊在尹月的门口了，就是没有办法认认真真地与她说上一句话，看上她一眼。他在犹豫什么？难道他还辨认不清楚自己的内心吗？

为什么不主动一些？没有合适的理由，他欺骗自己。好不容易谈妥的广告商迟迟没有签合同，万一还有什么变数，他又该怎么和尹月交代？谈一谈拍摄的新思路？可他并没有得尹月的召唤，说不定她根本不愿意拍摄了呢？不然，又何至于那样冷淡？想来想去，他又打退堂鼓了。

很多事情，本就难以按预期的方向走。缓一缓吧，也许时间会给出答案。

这样一来，儒生就投入吴欢和李义的新公司揭牌的筹备工作去了，协助拍摄及宣传发布，有得他忙活的。这个节骨眼上，他必须得为他们做点什么。

与此同时，女孩们也找了他，只为策划同时期的另一件大喜事。

向新

按照既定的计划，吴欢和李义的新公司揭牌的日子近在眼前，这是年轻人的一件大事，也是红阳苑的第一件大事。

大家团聚在红阳苑，带着新生的喜悦重新聚在一起。就像第一次的篝火之夜一样，心中的火焰从未熄灭。大家耐心地等待着揭牌仪式的到来。而这一天很快就到来了。在朝阳的照耀下，整个仪式举行得非常顺利。

红阳苑所有在家的人们都出席了。这是红阳苑的第一件大喜事。魏老师坐着轮椅，珍姨负责推着他过来。苏瑾似乎感觉到了什么，要儒生带着她出来，儒生还专门为她准备了轮椅。

大家都穿得整整齐齐，迎接这喜悦的时刻。吴欢和李义给容叔和几位老人都戴上了大红花。

葛新专门请了两天假过来参加活动，说是她母亲强烈要求的，她不仅代表她自己，还代表桃姨。合作公司对于葛新的到来非常欣喜。仪式后，葛新还就项目的启动和建设谈了一些思路，表示愿意提议她所在的公司参与到与他们的合作中来，一起实现合作共赢。这让大家振臂欢呼。

儒生则租了一套设备，为他们记录这盛大的时刻。每一帧都是欢喜，包裹着坚定的信念和对未来的希冀。经过这一段时间的打磨，他们已经展现出越发沉稳的气质了。

几个月前，吴欢、李义，任他们谁都不会想到自己还有这样光彩的瞬间。在经历了一些波折之后，总归是向前的。这是全新的开始，意味着他们的人生可以是充满希望的，生活是有奔头的。而不像原来那样，一潭死水。所有的生活，都可以是鲜活的、活蹦乱跳的，他们可以通过自己的努力去创造一切可能性。

在庆功宴上，大家的脸上都洋溢着喜悦。将近期的一切不如意，将过去一切糟糕的体验抛诸脑后。他们还和灿叔、桃姨他们视频连线，共同举杯，云庆祝，为了新的开始。

雪妍是个感性的人，借这样一个难得的机会，她欢喜地拥抱了每一个人。当然，她是有私心的。这个过程中，她最期待的是拥抱李义。这也圆了容叔的私心，容叔最期待能与她拥抱，似乎女儿还在身边一样。

容叔与她紧紧拥抱，满眼噙着泪。当话筒递到他这里时，他停顿了好一会儿，然后才说："经过这么一段时间的相处，你们都成了我最真实的孩子，我为你们的进步和成长而感到高兴。这段时间，我们共同经历了风雨，经历了黑暗，才迎来今天的新生和喜悦。希望我的孩子们，今后可以少些坎坷，多些坦途。但是假如，路途很颠簸，也一定要坚持下去，要坚信，黑暗过去，便是黎明。我们红阳苑，之所以取名'红阳'，就是希望大家无论年纪多少，心中永远都有红色的太阳，都能驱散一切黑暗。"

场上响起热烈的掌声，大家都感动得落泪了。每个人都送上了祝福，为这美好的时刻。

当天傍晚，回到红阳苑后，还有第二场庆祝活动。这是儒生、尹月和雪妍几位年轻人提前定制和准备的。

还在F市那边的医院时，有一次珍姨给魏老师喂食，非常贴心地帮他擦拭着嘴角的食物残渣。魏老师望着珍姨，突然动了一个念头，他没有当场和珍姨说，但是那个念头像一颗种子一样深深地扎根在他的内心深处。他需要一个隆重的场合。

一回到红阳苑，珍姨就被尹月拉去换衣服和化妆了，连哄带骗，说是："要拍一个特别的视频。剧本已经准备很久了。"

另一边，其他年轻人也迅速行动，儒生要帮魏老师换好装，他们还要迅速把提前准备好的物料摆出来。院子里瞬间成了花的海洋。长长的红毯，摆在两边的气球，簇拥的鲜花，闪烁的灯火，背景板上写着大大的"订婚仪式"，无不呈现出一片幸福祥和的气息。提前准备好的香槟和蛋糕台也被抬出来，放至舞台一侧。

等到尹月带着蒙了眼睛的珍姨出场，魏老师已经站在那里等候。是的，魏老师已经偷偷站起来了，为了她和他的这一刻。魏老师亲自解下蒙眼的布带，音乐瞬间响起，珍姨看到眼前的一幕，不敢相信自己的眼睛。她穿着梦寐已久的白色婚纱，挽着魏老师的手臂，缓缓走到舞台中央。幸福来得太突然了，现场响起了欢呼声、尖叫声，连灯火都陷入了快乐的摇曳之中。

魏老师单膝跪地，端着一个戒指盒，深情地告白："国珍，我做梦都没有想到，还能有这样幸福的时刻。你愿意嫁给我吗？"

小年轻们在一旁起哄："嫁给他！嫁给他！"

"我愿意。"国珍噙着泪说道。这一天，她等得太久了。她原以为永远不会有这一天，可是老天竟让她圆梦了。她是喜极而泣。"你知道的，我爱你。一直很爱。"

现场响起了雷鸣般的掌声。又是一阵起哄："亲一下！亲一下！"

惹得两位老人瞬间都不好意思起来："哎呀，我们都一把年纪了。"

"爱情让人永远年轻！"

在大家的鼓舞下，魏老师鼓起了勇气，在国珍脸上轻轻地蹭了一下。反倒是国珍，非常大方地亲了一下他的脸颊。他们举起香槟，迎接这美好的时刻。而后又切开蛋糕，与在场的所有人分享了来自暮年之爱的喜悦。

容叔看着这个画面，感慨万分。这对冤家，终于修成正果了。因为这么多的波折，红阳苑的喜悦变得如此真实和宝贵。他又看了看雪妍的脸，看到她掩饰不住的喜悦，内心也非常满足。

等到庆祝活动结束后，容叔把雪妍叫到房间，说是有话要对她说。

"容叔，谢谢你，一直对我这么好。"借这个机会，雪妍抢先向他道谢。她说，"我很惭愧，愧对你对我的好，因为自己一事无成，一无所有。"

"不许说这些。你很好。"容叔说，"这是一个圆梦的时刻。我也有一份东西要给你。"

雪妍双手接了过去，那是一个很精美的信封，打开一看，是她最想去的那家社工机构的录用通知书。"你怎么知道，这是我最大的心愿，天呐！"她一激动，有些语无伦次了。

的确，这是她最想去的地方，是目前在G市做得最好的10家机构之一，她每年都要投简历，但是都没有机会。前一阵子，和李义一块出去找工作的时候，她不死心，就又投了一遍简历。没想到，这次竟然成了。

想都不用想，容叔在这背后为她付出了多大的努力。

"我们家雪妍这么棒，他们肯定不能错过的。要是错过了，他们损失就大了。"容叔看着兴奋的雪妍，为她的开心感到开心。

容叔还告诉雪妍，红阳苑养老院也需要专业的社工，工作之余，她可以待在这里，陪陪老人，这里就是她的家，永远的家。

她感受到容叔沉甸甸的爱："除了我那过世的母亲，还从来没有人对我这么好过。"她的眼泪一下子出来了，容叔又得手忙脚乱地去帮她擦拭。"别哭，你母亲会心疼的，我也会心疼的。"

在那样美好的一天，儒生也没有错过机会。他的内心已经压抑到了极点。他忍耐了太久。他第一时间去找尹月，敲了好久，门才打开。儒生不知道哪里来的勇气，顺手把门一带上，就把尹月扑到墙角，脸就要凑上去。尹月被这突如其来的架势整蒙,她完全想不到,儒生会干这样的事,忙把头扭到一边去了。

儒生又用手把她的脸捧过来,看着她的眼睛,说:"尹月,不要不理我。我喜欢你。你就是我的太阳,我的月亮。我没有一天不在想你。如果有一天我死了,一定是被你害死的,你知道为什么吗?害的相思病,太折磨人了……没有你,还不如死了算了。"

那样的深情,尹月感受得到,她又何尝不是这样。于是,当儒生再次凑过来的时候,她闭上了眼睛,儒生如蜻蜓点水一般,在她的面颊上轻轻地点了一下。

"看看魏老师和珍姨,他们多好呀。今晚我看着他们,一直在想的是我们。我想和你在一起。今后,无论有什么难关,我们一起渡过。我们一起好好做视频,把这份事业做好来,以后的生活一定会越来越好的。答应我,好吗?"儒生温柔地说。

尹月点了点头。"你早就在我心上了……"她主动凑上前,热烈地吻了起来。两人紧紧地抱在一起。

雪妍没有儒生那么大胆。她走到李义的房门前,虽然也想和他说一说自己的心里话,但是始终都不敢敲门。也许时机还不到吧,她也不知道怎么开口,过了好久,她才离开。她不知道,李义在应酬时喝了太多酒,早就睡下了。心里有个声音告诉她,再等等吧,一棵树,从发芽,到成长,到开花,再到结果,总要经历很长一段岁月的。而等待开花和结果的过程,本身也是美好的,不是吗?

翌日,朝阳挂在天上,照着院门边"红阳苑"的牌子,将"红阳"那两个字照得特别红、特别亮。在那样特殊的日子里,每个人都将奔赴新的开始。

一幅幅影像从远处汇聚,生成一幅更大的图景。镜头里正在拍摄新的视频作品,显示屏里,年轻人在新公司里忙碌着,雪妍站在社工机构的大门前憧憬新的未来,而两位老人的婚礼现场,喜乐的气息溢出满屏。年轻人敬老,老年人爱幼,还有什么比这更暖人心的呢?

天上,是那红色的太阳呀。